红玫瑰的桥

[日] 安房直子 著

[日] 牧村庆子 绘

彭懿 周龙梅 译

北京联合出版公司
Beijing United Publishing Co.,Ltd.

雅众文化 出品

红玫瑰的桥

目录

安房直子
"我非常痴迷于讲述这一形式"
采访者　神宫辉夫

北风遗忘的手绢

1

熊的家在大山里，山里冷极了，天天刮北风。

虽然是一座简陋的房子，但却有一个特别大的烟囱，门上贴了这样一张纸：

> 谁来教我音乐，
> 我将厚礼酬谢。
>
> 熊

　　一头月牙熊孤零零地住在这座房子里。它一个人生活。大约半年前，发生了一件非常不幸的事情，打那以后，它就一直这样一个人生活。

　　熊的家里有一把扶手椅、一台白色的冰箱和一个非常大的火炉。炉子里总是燃烧着旺旺的火，上面坐着一把灌满了茶水的大茶壶。

　　月牙熊一天到晚坐在扶手椅上，一边用大茶杯喝茶，一边沉思。

　　这头熊今年四岁了。熊四岁就是大人了，所以它前胸的白色图案，已经十分清楚了，形成了一个漂亮的月牙形。虽然它长得又高又大，可内心还是个小孩子。

　　"太寂寞了，心里冷冰冰的。"

　　熊小声嘀咕着。

　　房子外面，山林沙沙地响着。这时，它好像隐隐约约听到有谁在敲门。

"咦……"

熊竖起耳朵，又听了听。

咔嗒咔嗒，咔嗒咔嗒，咚，咚，咚……

"大概是风吧？"

熊歪了歪脑袋。

咔嗒咔嗒，咔嗒咔嗒，咚，咚，咚……

果然是有谁在敲门。没错，没错。

"来了！"

熊霍的一下站起来，朝门口走去。

打开重重的门，一股冷风呼的一下灌了进来。风中果然有一个人，一个骑着蓝马的蓝人。

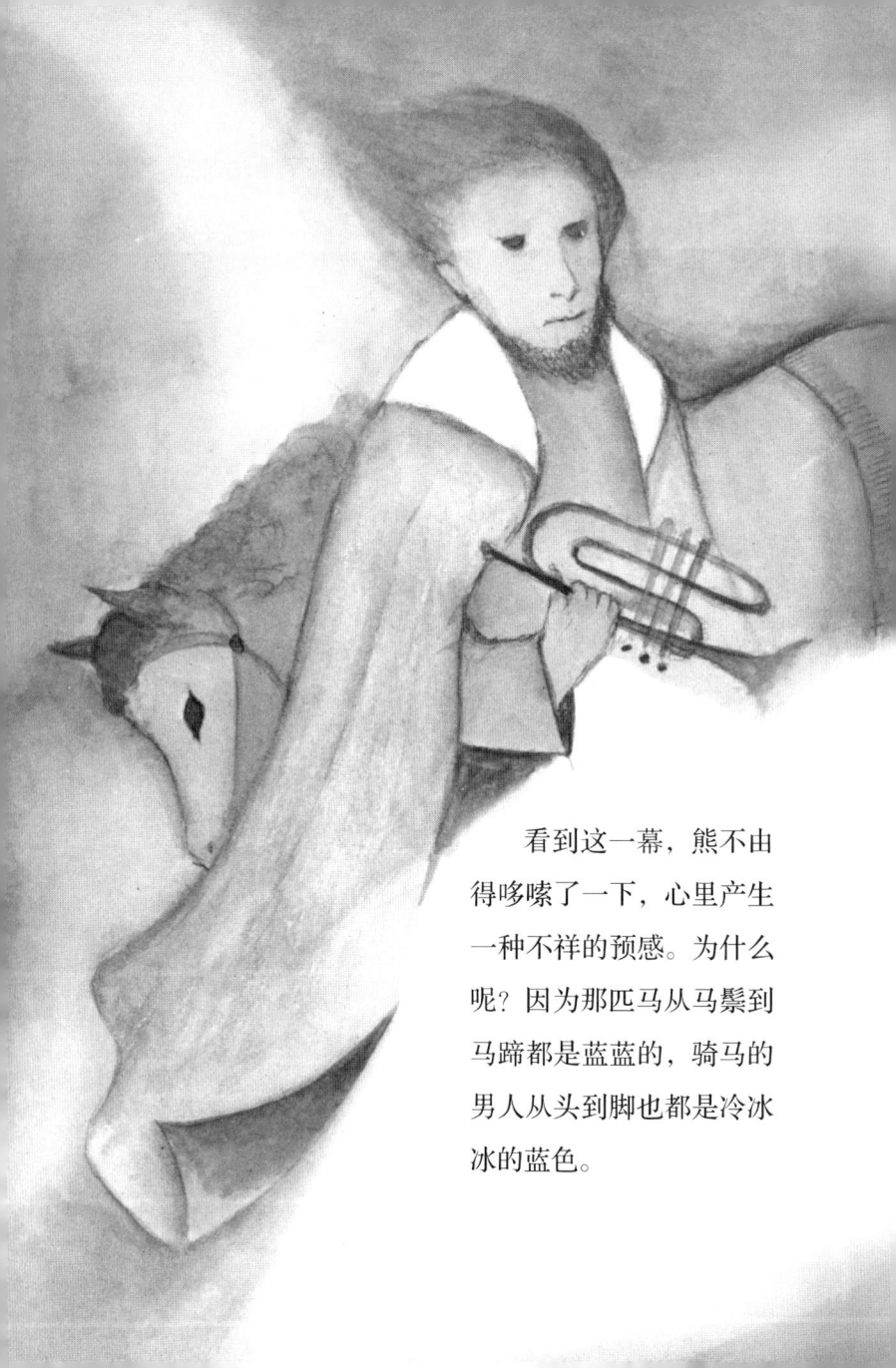

看到这一幕，熊不由得哆嗦了一下，心里产生一种不祥的预感。为什么呢？因为那匹马从马鬃到马蹄都是蓝蓝的，骑马的男人从头到脚也都是冷冰冰的蓝色。

不过，那个人右手握着一把金色的漂亮乐器。

熊看到那把乐器，心里顿时一亮。

　　"啊，你是来教我音乐的吧？"

　　熊叫了起来。

　　"……"

　　"你是音乐老师吧？"

　　听了这话，那个蓝人不太高兴地说：

　　"什么老师，别开玩笑了，我是北风。"

　　"北风……"

"啊啊，我想在这里休息一下，所以就顺路进来了。不过，借这个机会教教你音乐也行啊。"

"啊啊，那太好了！只要能教我音乐，我才不管你是北风还是什么呢！"

熊高兴地说着，把蓝人让到了屋里，带到扶手椅的前边。北风一屁股坐到了唯一的那把椅子上。

熊跑去倒茶。它拿出来一只大茶杯，从炉子上的大茶壶里咕嘟咕嘟倒了一杯茶，然后笨手笨脚地递给了北风。

接着，熊自己也想坐一会儿，可是没有地方可坐。它四下里瞧了瞧，这才发觉自己已经把唯一一把椅子让给了客人，于是挠了挠头，坐到了地板上。

"我说北风啊，"熊抑制不住喜悦的心情，心神不定地搓着膝盖问，"那到底是什么乐器啊？"

听它这么一问，北风抿嘴笑了。

"我倒要先问问你，你为什么要在门上贴那么一张纸？"

"因为我太寂寞了，因为我想学会了音乐，就不寂寞了。"

"你为什么会那么寂寞呢？"

"因为我，只有一个人。"

熊垂头丧气地说。

"为什么你是一个人呢？"

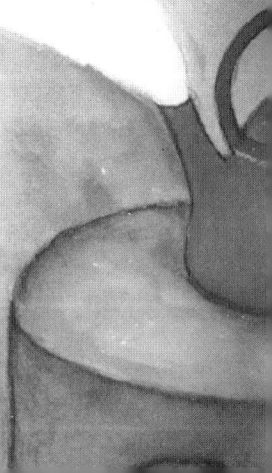

"家里人都死了。上回也是这样一个大风天，人来了。爸爸被砰的一枪打死了，妈妈被砰的一枪打死了，弟弟妹妹也都被打死了，只剩下我一个了。"

"所以，你才天天哭着过日子。"

北风抢先说道，但是熊摇了摇头。

"不对，我没有哭。哭不是月牙熊应该做的事情，不过……"

熊垂下了头。

"我实在太寂寞了，心里好像有风吹过一样。"

"原来是这样啊。但是学会音乐，也不一定就不寂寞了啊。"

北风说完，笑了笑。

"不，我是这么想的。学会音乐，就会忘掉一切，心里就会被擦得亮堂堂的。把所有的孤独和寂寞忘掉。"

"原来是这样啊。"

北风点了点头。熊望着北风的金色乐器，又问了一遍：

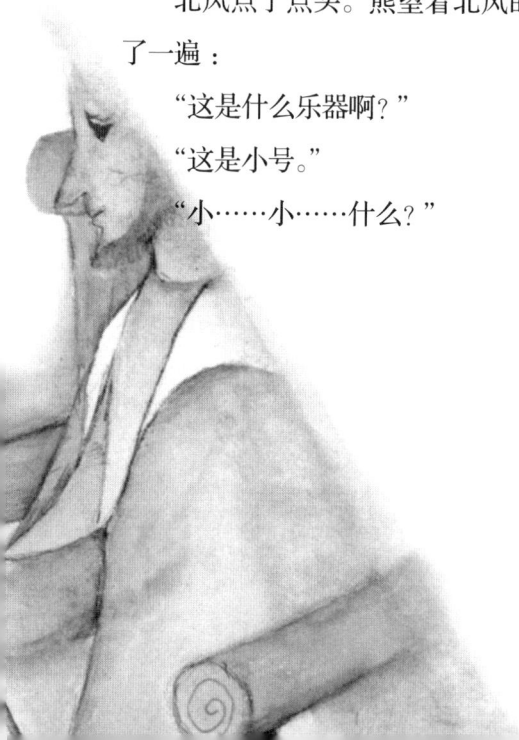

"这是什么乐器啊？"

"这是小号。"

"小……小……什么？"

熊的舌头转不过来了。

"小，号。"

北风一个字一个字地重复了一遍。

"小号。"

"哈，这回对了！"

说完，北风就站了起来，猛地吹起了那把漂亮的小号。

声音好大啊！又锐利，又辉煌。熊突然觉得自己的家里一下子被染成了金色。

"真好……"

熊眨巴着眼睛叫了起来。

可是……听着听着，熊发现小号原来是一种寂寞的乐器。虽然发出的声音很大，却奇妙地带着一种悲伤的回音，如同落山的夕阳。

"啊啊，我也是一样。虽然个头又高又大，却总是那么寂寞。"

熊彻底喜欢上了这把乐器，所以，当北风吹完一首曲子之后，它便恳求说：

"能让我也吹一下吗？"

北风把小号小心翼翼地交给了熊。熊接过来后，紧紧地握住，然后用力吸了一口气，使劲儿把小号塞进了嘴里。

熊使的劲儿实在是太大了，就听见咣的一声，小号重重地撞到了熊的门牙上。

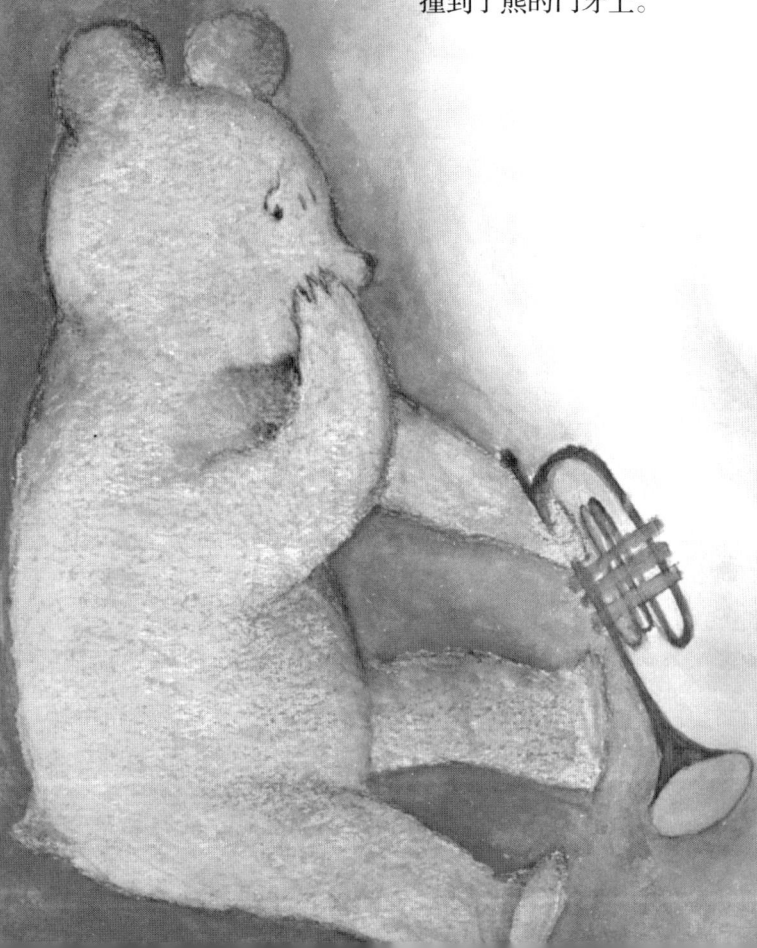

"好疼、疼、疼！"

熊捂着嘴巴，蹲了下去。

"没事吧？"

北风问。

"嗯……"

熊点了点头，还是很疼的样子。

"不是问你，我是问小号没事吧？"

北风迅速从熊的右手里夺过小号，仔细地查看起来。

"哎呀呀，划出了一道痕！"

说完，北风才看着熊问：

"你没事吧？"

"没……没事。"

熊闷声闷气地回答道。不知为什么，它觉得脑袋有点晕晕乎乎的。它还没有发现自己的一颗门牙被小号撞断了，但是北风马上就发现了。

"你被撞断了一颗牙吧？那就不行了。"

"吹不了了，是吗？"

熊不安地仰头望着北风。

"是啊，吹小号是没希望了。"

他没有说错。

熊一说话，气流就从那颗被撞断的牙齿的豁口漏了出来，像股微风似的。

"那就请你多保重了。"

北风站了起来。

"你就要回去了吗？"

熊捂着嘴，不甘心地问。

"是啊，我还有很多工作要
做呢。"

北风说完，朝门外走去。
可走了几步，他像是又想起了
什么似的，返回来说道：

"门上的纸上写着'厚礼酬
谢'，对吧？那我得收了厚礼
再走。"

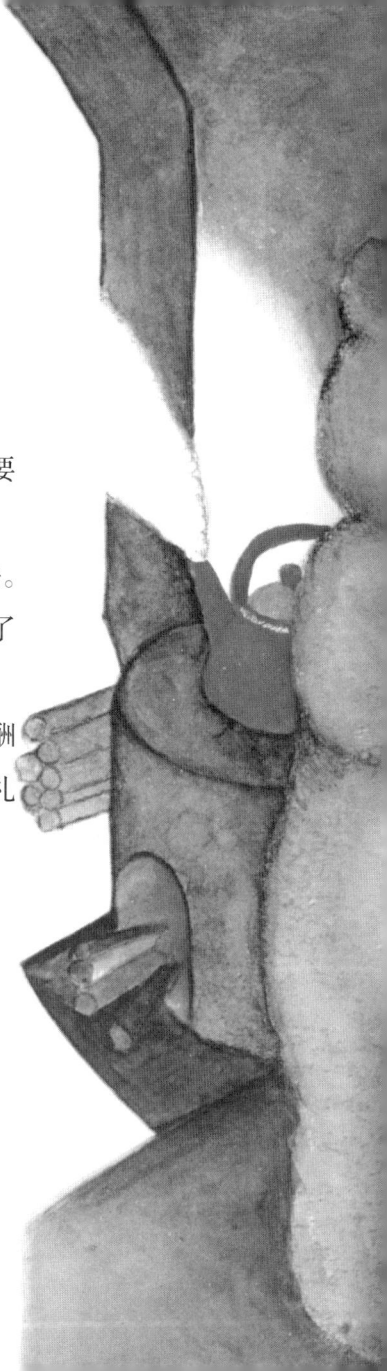

"厚礼？"

熊张开的大嘴合不上了。连个音乐的音符都没有教，而且牙还被撞断了，竟然还要收谢礼？

但北风却马上说：

"因为你，我损失了不少时间。我听你说了你的身世，而且是你自己把牙齿撞断吹不了小号的，你不能怪我不教你音乐。还有，我的宝贝小号也被你划伤了，所以，我不能不收厚礼啊。"

原来是这样啊，熊想。

"那倒也是。今天算我倒霉，那就给你厚礼吧。"

熊说着，把北风带到了冰箱旁边。

冰箱里放着熊珍藏的食物：一篮子野葡萄和一盒菠萝罐头。

"唷，还真有好东西啊！"

北风大叫了一声。

熊提心吊胆地说：

"不过，不能给你太多，我只有这么多了。"

可是北风二话没说就伸出了蓝色的手，一把抓起了菠萝罐头。

"啊，啊，那是……"

熊还想说些什么，可是北风已经把罐头迅速塞进斗篷里，连声再见也没说就走了。

"啊啊啊。"

熊砰地一下关上了冰箱的门，然后一屁股坐到了扶手椅上。

熊一点力气都没有了，比以前更加寂寞了。

2

可即使是这样，熊还是想学习音乐。

今天一定会有真正的音乐老师来的。
熊坚信会有这一天，所以等了一天又一天。

有一天，有人来敲熊家的门了。

咔嗒咔嗒，咚，咚，咚。

"哎，来啦！"

熊跑过去打开了门。一个蓝人骑着一
匹蓝马，出现在风中。

"哎呀，怎么又来了？"

熊目瞪口呆地张着大嘴。不过这回来的是个女的。长长的蓝色头发在风中飘舞着。

"哟，这回是北风太太啊。"

熊叫了一声。女人蓝色的大眼睛像石头一样直勾勾地盯着熊。熊心惊肉跳起来，连忙说：

"你老公早就来过了，一个多星期前吧。"

蓝色的女人听了，一本正经地说：

"我知道。我们跑的时候相隔三座山的距离，所以算起来，正好是一个星期。"

原来是这样啊，熊想。隔着三座山，北风真是了不起啊。

然而，更让熊吃惊的是，这位北风太太还抱着一把小提琴。当熊看到它时，心里高兴极了。

"哟，你还带着小提琴呢。我最喜欢小提琴了。教教我吧。"

北风太太听了，嘻嘻一笑说：

"先让我歇口气吧。如果有热茶和点心，就再好不过了。"

"茶倒是有，可是没有点心啊。不过，要是你能教我小提琴，我会送你好东西。"

熊这样说着，就把这个女人让进屋里，带到了扶手椅的前面。北风太太拖着蓝色的长裙，坐到了椅子上面。

熊一边倒茶一边说：

"上回你老公带来了小号，可是我最终也没有吹成。今天你能让我拉拉小提琴吗？"

北风太太听了，一边伸出手在火炉上烤火，一边说：

"小提琴很难拉的哟！"

"是吗……但最简单的曲子，我总可以拉吧？"

"这可就难说了。"

说完，北风太太打开琴盒，取出一把板栗色的小提琴。熊眼睛一眨也不眨地看着。

"好，那我就给你示范一下吧。"

北风太太站了起来，拉起了小步舞曲。

小步舞曲……多么圆润的名字啊。细细的琴弦颤抖着，诞生出一个个音符，架起了一座银色的阶梯。熊怀着一颗寂寞的心，一步步朝那音乐的阶梯上爬去。于是，寂寞的心一下变轻了……

"听着音乐，心就一定能抵达月亮的。"

熊如痴如醉地嘀咕着。小步舞曲结束后，熊说：

"我也要拉一拉！"

"好吧，那你就稍微摸一下吧。"

北风太太把小提琴交给了熊。熊微微颤抖着接过琴，然后用力用下巴夹住。

"啊，不行不行，那样不行！"

北风太太连忙夺回小提琴，让熊用左边的下巴轻轻地贴住琴身，再用右手轻轻握着琴弓。这回姿势对了。熊回想着那首小步舞曲的优美旋律，用琴弓轻轻地、轻轻地蹭了蹭细细的琴弦。

你猜怎么样？

嘎，嘎，嘎——

小提琴发出了一串让人浑身起鸡皮疙瘩的怪叫。熊吓得差点儿停止了呼吸，心扑通扑通直跳。

　　过了一会儿，熊才翻着白眼，好不容易说出一
句话来：

　　"这到底是为什么呢？"

　　"对你来说，恐怕太难了。"

　　北风太太轻蔑地说，然后收回小提琴，迅速地
放进了琴盒。

"为什么呢？这是为什么呢？从哆来咪发学起也
不行吗？"

熊苦苦哀求。

"不行，对你来说太难了。"

说完，北风太太站了起来，又说：

"我得收完厚礼再走。"

"厚礼？你什么也没教我啊。"

熊惊叫起来。

"你没有那个天分，就算我想教你也没法教啊，可我给你拉了那么动听的小步舞曲。"

原来是这样啊，世上的事情原来如此啊，熊想。于是，熊把北风太太带到了冰箱的前面。

"哇，这葡萄一定好吃！"

北风太太叫了起来，然后也不等熊回答，就把装葡萄的篮子从冰箱里抱了出来。

"这些，我全要了。"

"啊，啊啊，啊啊……"

熊呆住了，只是这么喊了一声。它那张开的大嘴，直到北风太太走了很久之后，都没有合上。

3

熊的生活又开始寂寞起来。冰箱空了，门牙也掉了。

熊坐在扶手椅上，像唱歌似的小声念叨着：

"爸爸被砰的一枪打死了，妈妈被砰地一枪打死了，弟弟妹妹也都被打死了……"

眼泪噼里啪啦地落下来，熊连忙揉了揉眼睛，然后咕嘟喝了一口茶。

"今天怎么这么冷！"

实在是一个冷得可怕的日子。无论往炉子里添多少柴火，后背那里都觉得发冷。

"寒流来了吧？"

熊咕哝了一声。

正好这时有人叫了起来：

"家里有人吗？"

"来了。"

熊喊了一声，走了过去。它想，啊，还是有客人来好啊。

可是没想到门打不开了。怎么回事？门又没有上锁，可无论怎么推，门都纹丝不动。熊想，一定是谁把一个大东西放到了门外。于是它把双手搭在门板上，摆开架势，然后用尽全身的力气去推。

"嗨——！"

门终于开了一半。

原来……外面一片雪白，房子有一半都被埋在雪里了。

"哈，吓我一跳。原来是雪啊！"

熊吐着白气说。

雪地中，一匹蓝马背上骑着一个蓝人。

"哇，又来了！"

熊吃了一惊，然后像根木头一样呆立在那里。不过，这回的北风是一个小女孩。少女轻飘飘地骑在像木马一样的马背上，宛如一片蓝色的花瓣儿。少女的长发和妈妈一样，在风中飘舞着。

　　"熊，你好，你身体好吗？"

　　少女招呼道。

　　熊眨巴着眼睛，好不容易才像念课文似的回答道：

　　"托你的福，我很好。"

　　雪纷纷扬扬地下个不停。雪的薄雾中，蓝色少女看上去宛如梦幻一般，朦朦胧胧。

熊还是头一次对来客产生了好感。于是，它打开门，说：

　　"请进来吧。"

　　北风少女潇洒地从马上跳了下来。蓝色的马靴也相当威风。

　　熊把少女让进屋里，带到了那把扶手椅的前面。接着，诚心诚意地倒了一杯茶。

　　"真不巧，家里什么点心也没有了。"

　　熊想，菠萝和野葡萄要是没被人拿走就好了。

"最近，遇到了一连串的倒霉事。"熊挠了挠头。

少女听了，爽朗地说：

"想吃点心的话，咱们一起来做烤饼好了。"

"……"

熊的嘴巴动了动，它心想：烤饼是什么呢？接着，它小声说了一句：

"可是什么材料都没有啊，我的冰箱是空的。"

"我都带来了。"

北风少女站起身来，从兜里掏出一条蓝色的手绢，在椅子上摊开来。

"我可以施魔法。现在，你转过脸去。"

熊很听话地把脸转到了墙那边。

"你数五十个数，没数到不能回头。"

"嗯。"

熊乖乖地点了点头，扳着两只手的手指头，反复数了起来。

要数五十个数太麻烦了，不过熊还是按照少女说的那样，拼命地去数了。当数到"五十"的时候，熊转身回过头来。

这时，你猜怎么样了？

那条手绢上面，整整齐齐地摆着做烤饼用的材料：一罐蜂蜜，面粉和鸡蛋，还有发酵粉。

"哇——"

熊瞪圆了眼睛，怎么会有这么奇妙的事情？

开始好玩起来了。

熊兴冲冲地准备好煎锅和盘子。

北风少女灵巧地搅拌着这些东西，烤了一块圆圆的烤饼。一面烤好之后——啪！她还熟练地把烤饼翻了一个个儿。

熊看呆了，都忘记了呼吸。

两份烤饼很快就烤好了。当热腾腾的烤饼上面浇满了蜂蜜时，熊开心极了，心里暖洋洋的。这种心情已经好几个月没有过了。

熊一边和少女吃烤饼，一边想，要是这段愉快的下午茶时光一直持续下去就好了！永远都不结束！

外面还在下雪。

熊家里唯一的那扇小窗，被雪光映得微微发亮。

北风少女忽然说：

"喂，你知道吗？雪花落下来的时候也会发出声音。"

"……"

熊愣住了，因为它觉得没有比雪花更安静的东西了。

"雪花会扑、扑、扑地唱着歌落下来的。"

"是吗？"

熊竖起耳朵听着。

……

扑，扑，扑，扑。

……

小小的声音，却是一种温柔的声音。大概白色的花飘落时，才会发出这样的声音吧？月光洒落时也会发出这样的声音吧？

熊入迷地听着雪花的歌声。

北风少女又静静地说：

"无论是风还是雨，都有自己的歌声，就连树叶当我经过的时候，也会唱起动听的歌——哗啦，哗啦，哗啦。每一朵花也都有自己的歌。"

熊点了点头。

　　少女说的话，熊觉得它都懂。可是熊马上又想，它之所以懂，是因为少女就在身边吧？如果少女离它远去，自己就又会什么也听不到，又会变回那个寂寞的自己吧？

　　突然之间，熊按捺不住悲伤的心情了。

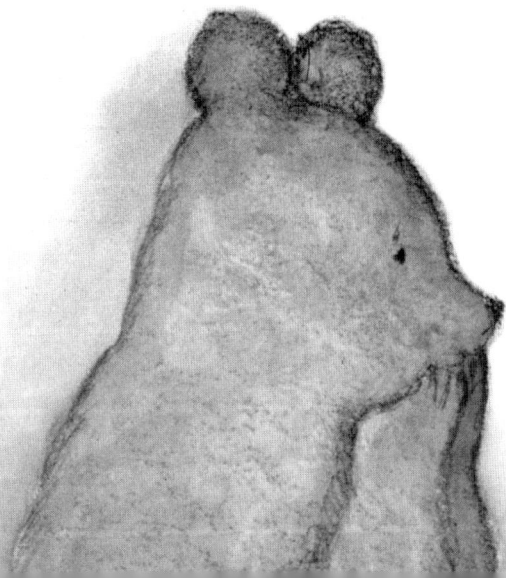

"那个……那个……也许是个不太可能的请求。"

熊刚这么说了一句，就又沉默不语了。因为它觉得这的确是不太可能，这孩子是北风啊，和熊不是一个世界的。

北风少女懂得熊的心。于是，她小声又难过地说：

"我得走了。爸爸和妈妈之间隔着三座山，妈妈和我之间也隔着三座山，必须保持这个距离，这是北风国度的规定。"

熊伤心地点了点头。

北风少女站了起来。

"大熊，你转过脸去。"

熊乖乖地站起来，把脸转向墙那边。

"你数五十个数，没数到不能回头。"

"啊啊……"

熊点了点头，大声数了起来。

"一、二、三……"

虽然在数数，但是熊什么都知道。过了一会儿，少女蹑手蹑脚地朝门那边走去，然后轻轻地打开门，又轻轻地关上了门。后来，熊听到了外面马的嘶鸣声，风的呼啸声。

不过，熊假装不知道，强忍着不哭，一直数着数。它遵守诺言，终于数到了五十。

"已经走了吧？"

熊这么嘀咕着，转过身来。

空空荡荡的屋子里，唯一的那把扶手椅显得出奇地大。椅子上面搁着刚才的那条蓝手绢。

"哎呀，她忘记东西了。"

熊的心里头，突然一亮。

"这可是魔法道具啊！"

刚才那些做烤饼的材料，就是用这条手绢变出来的。

"我行不行呢？"熊兴冲冲地把手绢摊开。然后，闭上眼睛，慢慢地数到五十，又胆战心惊地睁开了眼睛。

但是手绢上面空空的，什么也没有。

"唉……"

熊失望极了。

"还是要那个女孩才行。"

不过这时，熊想到了一件美好的事情。

那个女孩也许还会来的。

对——因为她把宝贝手绢忘在这里了，所以她下次路过这里时，一定会顺路来取的。

"对，肯定会来的！她会说：'我是不是把手绢忘在这里了？'"

熊一个人愉快地自言自语，然后把手绢叠得小小的。

　　"帮她收好吧。放在哪里好呢？"

　　熊东张西望地朝屋子里看了一圈。想了好半天，终于想到了一个好地方。

　　放到自己的耳朵里。

　　"嗯，这里最保险了。"

　　熊把手绢塞进了自己的一只耳朵里。

　　这么一来，你猜怎么样了？

　　熊突然听到了不可思议的音乐声。

　　扑，扑，扑，扑。

啊，这是雪花的声音。比刚才还要优美的雪花大合唱。

"果然是一条魔法手绢啊！"

熊眨巴着眼睛叫了一声，然后坐在扶手椅上，凝神闭上了眼睛。

雪还在下个不停，越积越厚。

不知不觉中，房子已经被温柔的雪埋了起来，连屋顶和烟囱也都被埋了起来。

而在房子里头，一头把蓝色的手绢像花一样插在耳朵里的熊，开始了幸福的冬眠。

小小的温柔的右手

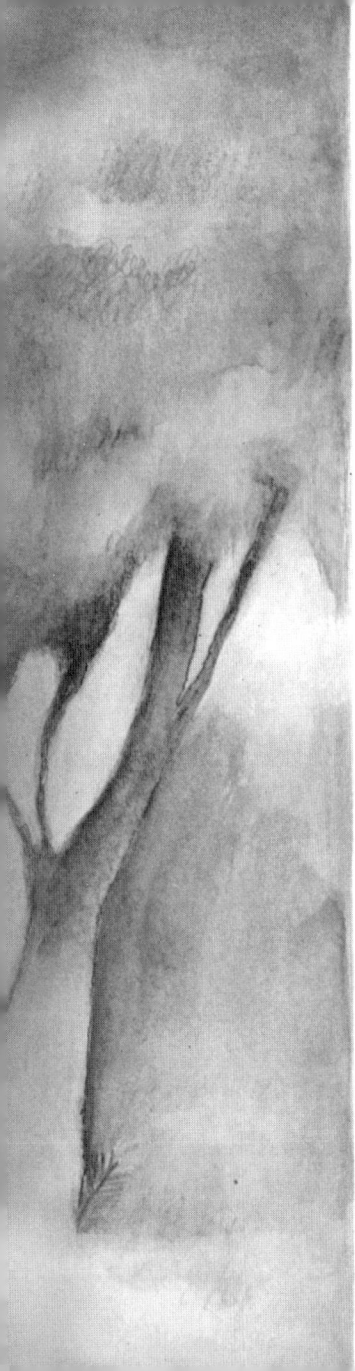

1

很久以前了。

森林中的一棵大槲树里面，住着一个魔怪。

叫是叫魔怪，其实还是个小孩，尾巴短短的，只会一个魔法。

是这样一个魔法：

念完咒语之后，张开右手，想要的东西，无论是什么都会出现在那只手里。吃的也好，金币也好，小鸟也好，只要是一只手能拿动的东西，什么都可以。

这个魔法，魔怪整整练习了三个月，最近总算会变了。所以，他特别想把这个才学会的神奇魔法表演给别人看，每天都从槲树里面朝外面张望。

可是，魔怪在长大成人之前，是绝对不能让人看到自己的模样的。

话说这座森林的入口处，有一间贫寒的小屋，里面住着一个母亲和她的两个女儿。

每天早晨，娘都会对两个女儿说：

"快去原野，去割喂咱家兔子吃的草吧。不过，在没割满一篮子草之前，不许回来啊。"

说完，娘把工具和干粮递给孩子们。大女儿是一把磨得锋利的镰刀和白面包，小女儿是生了锈的镰刀和干巴巴的黑面包。为什么会这样？因为小女儿是继女。

姐妹俩每天早上都会一起从槲树前面走过。

可是，回来却是完全不同的时间。姐姐在午后太阳还很高的时候，就背着满满一篮子草回来了。妹妹呢？天都黑了，两三颗星星开始眨眼了，她才从槲树的前面走过。

魔怪每天都看着这种情景。这到底是为什么呢？他考虑了几天，最近才终于弄明白了。

"对，是镰刀的问题。没错，没错，怎么考虑都是镰刀的问题。"

魔怪不住地点头。

后来，有一天晚上，当妹妹背着草，迈着沉重的步子往回走的时候，魔怪冷不防冲到了树外边，叫住了妹妹。

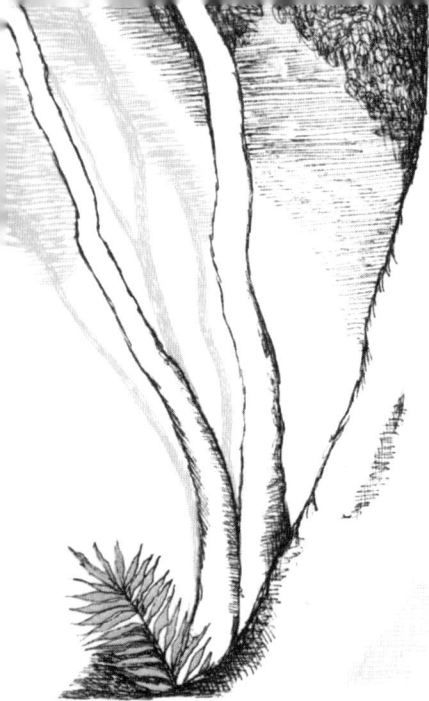

"你好！"

"哎？"

女孩站住了。月光下，一张像樱桃一样的小脸看得清清楚楚。魔怪想，好可爱的女孩子啊。然后，又迅速躲到了树后面。

魔怪把小小的身体尽量缩得小小的，在树后面念起了那个咒语。然后，只把黑乎乎的右手直直地

伸到了外面，说：

"喏，给你。"

他的手里是一块刚刚烤好的点心。

"哇，你是谁？"

女孩吃惊地喊道。她很想看看这只小手的主人，就绕到了树的后面——可是没有人。

女孩又往前绕了绕——还是没有人。又往前绕了绕——没有人。最后，女孩终于围着树绕了一圈。

想不到，一只拿着点心的黑手，还是从树后面伸出来。

"你好机灵啊。"

女孩喘着气说。然后她接过点心，吃了起来。

"好吃吗？"魔怪问。

女孩连口气也没喘，就吃光了，然后只说了一句话：

"太好吃了。"

魔怪高兴坏了，于是这么问道：

"你不想要一把新镰刀吗？"

71

女孩点了点头。

"想要。要是有一把锋利的镰刀，草可以割得更快。"

"那好。"

魔怪说。

"以后你每天早上从这里经过时，我都会给你一把好镰刀。"

"真的？你有那么好的东西？"

"啊啊，我什么都有。因为我会变魔法。"

"是吗！"

女孩手舞足蹈起来。

"不过，这事儿不能对任何人说哟。"

魔怪悄声说。

"行。从明天起，我会比姐姐早起，到这里来。"

"那好，到了这里，你叫我一声。那样我就会马上伸出手来。"

"好的。"

第二天早晨，女孩比姐姐更早出了家门，来到了槲树那里。然后，用温柔的声音这样唱道：

小小的温柔的右手
借我一把镰刀
借我一把像冰一样
锋利的魔法镰刀

　　于是，魔怪的手，就从树
后面直直地伸出来。那只手里，
攥着一把泛着青光、磨得锋利

极了的镰刀。女孩把自己那把生锈的镰刀换成新镰刀之后，就欢天喜地地朝原野上走去。

没人知道魔怪与女孩的约定。日子一天天过去了。

可是有一天，坏心眼儿的娘对姐姐说：

"喂，我跟你说啊，最近那孩子有点儿不对头啊。回来比以前早多了，而且每天心情好得不得了。"

"……"

"肯定有什么问题。明天早上，你跟在她后面去看看。"

第二天早晨，姐姐早早就被叫了起来。她揉着发困的眼睛，躲闪着，跟在妹妹的身后向前走去。她躲在边上，清清楚楚地看到妹妹从槲树后面的魔怪手里接过了镰刀。

姐姐跑回家，大声叫了起来：

"娘啊，槲树后面，有一个魔怪……"

然后，她从头到尾把事情讲了一遍，还把那首歌唱给娘听。

"魔怪！"

娘大吃一惊。这让她既觉得可怕又气愤，脸色煞白，坐在那里半天没动弹。过了一会儿，她想到了一个好主意，于是得意地笑了。

第二天早上，坏心眼儿的娘比太阳起得还要早。她走进厨房，吃了好多罐子里的白糖。然后，蹑手蹑脚地出门了。

她来到了槲树的前面，这样唱道：

小小的温柔的右手
借我一把镰刀
借我一把像冰一样
锋利的魔法镰刀

因为刚刚吃了白糖，所以她的声音跟小女孩的声音一模一样。

没过多久，树后面伸出来一只黑乎乎的手，递过来一把闪闪发亮的镰刀。娘迅速夺过那把镰刀，然后猛地朝魔怪的手上砍去。

"啊呀！"

传出一声惨叫，魔怪的小手像断了的棍子一样，啪嗒一声掉了下来，没有流一滴血。可怜的魔怪把细细的手臂抽了回去。

2

　　失去了右手的魔怪小孩，一屁股坐到了槲树的黑暗处，日复一日地喘着粗气。

　　魔怪以为砍掉自己手的，就是那个女孩。一个自己那么喜欢的女孩，怎么会突然就背叛了自己呢？这种惊愕，十天过去了，二十天过去了，也没有从魔怪的心头消失。

　　（这是真的吗？）

　　早上醒来，魔怪就会这样想。

　　一边想，他一边用另一只手战战兢兢地去摸右手。

　　……没有了……

（果然是真的。）

然后魔怪就会像刚刚才明白过来似的，惊愕不已。

这样过了几个月，魔怪的惊愕渐渐变成了悲伤。魔怪这时第一次尝到了悲伤的滋味。

日复一日，魔怪蜷缩在昏暗的树洞里，悲伤度日。悲伤使得他的心头发痛。而且更悲伤的事情是魔怪不能哭。无论多么想哭，即使是心里冷得直打寒战，也不能掉一滴眼泪。

而且……这样的悲伤叠加到一起，一颗邪恶的黑心就会取代眼泪。这就是魔怪的命运。

有一天，魔怪心里蓦地冒出这样一个念头：

报仇！

"对，我要报仇。我要一百倍、两百倍地报仇！"

魔怪突然来了劲头。接着，它猛地跪了下来，发誓一定要报仇。

接着，魔怪把珍藏的魔法书找了出来，啪啦啪啦地翻着。虽然书里写着几千种魔法，但是他还不够强大，只能用上一点点，再加上他只有一只手。不过，魔怪一点都没有畏惧。

打那以后，魔怪就专心致志地练习起魔法来了。虽然少了一只手，但他练得非常刻苦。有一天，这个小小的魔怪终于学会了一种新的魔法，那就是把人变成别的东西的魔法。

　　自从失去右手那天起，好多年过去了。

　　竟然过去了二十年了！

但是，魔怪仍然还是一个小孩。因为魔怪的寿命是人的三倍，所以长成大人也要晚好多年。

　　一天早上，隔了二十年，魔怪朝外边那个明亮的世界看去。

　　太晃眼了！

魔怪鼓足勇气，跳到了外面，在树底下猛地来了一个单手倒立。那手臂，就像一根棒子。因为常年的练习，魔怪的身体立得直直的，连晃也不晃一下。接着，魔怪就那么倒立着，背诵了一段又长又难的咒语。

这样，魔怪变成了一个人类小男孩的模样。人类的小孩，耳朵小小的，也没有尾巴。

"怎么觉得有点儿怪怪的呢？"

魔怪觉得身上什么地方有点发痒。

不过，这个人类的小孩也是只有一只手，但魔怪对自己的魔法很满意。接下来，他又把榭树叶子缝起来，做成了绿色的上衣、裤子和鞋子。缝得太好了，简直就像用真的天鹅绒做的一样。

一切准备完毕，魔怪雄赳赳地朝村子里走去。

3

魔怪以为只要到了村子，就能见到那个女孩。他怎么也想不到，那个女孩早已长成了大人，现在成了面粉店的老板娘。

"怎么报仇呢？"

魔怪想啊想啊，走在森林的路上。当他走进村里的时候，他想：

“对，把她变成一头毛驴。”

然后，他抿嘴一笑。

村子里面，好多小孩正在活蹦乱跳地玩着。魔怪的目光一个接一个地扫过那些女孩，可是怎么也找不到那个女孩。

“哼，肯定是怕我报仇，躲到什么地方了。”

于是，魔怪将身体严严实实地藏在草丛里，从叶子的缝里看着那些小孩。可是左等右等，像樱桃一样的女孩也没有来。

"这到底是怎么回事呢？"

魔怪心烦意乱地从草丛中跳了出来。接着，他又把村子里面找了个遍。排子车底下、牛棚干草堆里、连水井里面都找了个遍。

没一会儿，魔怪的绿鞋子就磨出了一个大洞，上衣和裤子也都烂掉了。

"啊啊啊，到底在哪里呢？"

天也开始黑了，肚子也饿了，魔怪觉得自己好凄凉。

就在这时候，随着一阵风，飘来一股好闻的味道。那是点心的甜味。魔怪不由得朝那个香味传来的方向走去。

拐过街角，有一家小小的面粉店，点心的香味就是从面粉店的面包烤炉里飘出来的。魔怪悄悄朝里面张望了一下。

胖胖的老板娘正在大炉灶旁边揉面团呢。面粉雪白雪白的，老板娘揉面团的手也是雪白雪白的。面包烤炉里呼呼地冒着蒸气，刚才放进去的点心就要烤好了。

　　魔怪咕嘟咽了一口口水，他很想要一块点心吃。这种时候，如果是成人魔怪，只要施一个魔法，想要的东西就可以到手，可他不过还是一个小孩。他在门外想了半天，终于想到了一个好办法。他决定唱歌。

　　于是，魔怪马上编好了歌词，配上了自己熟悉的曲子。他以前不知听过多少回了，那是一首他绝对不会忘记的曲子。

雪白的手的面粉店阿姨

请给我一块点心

请给我一块像绵羊一样松软

刚刚烤好的点心

唱完了，连魔怪都觉得自己实在是唱得太好听了。

　　面粉店老板娘惊讶地看向这边，立刻温柔地说：

　　"哎呀，这到底是谁家的孩子啊？别站在那里，快进来吧。"

　　魔怪高兴坏了，赶紧跑进屋子里面去了。

老板娘觉得这个穿着破烂衣衫、只有一只手的小孩好可怜，便从面包烤炉里拿出来一块最大的点心，递给了他。魔怪用脏兮兮的左手接过来，猛地咬了一口点心。

"好吃吗？"

老板娘问。

魔怪一口气吃完，只说了一句：

"嗯，太好吃了！"

"喂，小弟弟，"面粉店老板娘问，"你再唱一遍刚才的那首歌好吗？我好像小的时候，也唱过和那首曲子一模一样的歌。"

于是，魔怪得意地又唱了起来：

雪白的手的面粉店阿姨
请给我一块点心
请给我一块像绵羊一样松软
刚刚烤好的点心

等魔怪唱完后，面粉店老板娘接着唱了起来：

小小的温柔的右手
借我一把镰刀

　　曲调一模一样的。声音也熟悉，和那个女孩的声音一模一样。

　　啊啊，就是她吧……可是怎么会呢？……魔怪的一只手，不知为什么抖了起来。

借我一把像冰一样
锋利的魔法镰刀

他赶紧将那只手藏到了兜里，然后他问：
"阿姨，您到原野割过草吗？"
"去过啊。那已经是二十多年前的事了。"
"二十多年了？"

仅仅二十年的时间，人会发生这么大的变化吗？会长这么大吗？……魔怪忽然觉得头晕眼花起来。

老板娘用平静的语调说：

"我每天都和姐姐两个人，穿过森林去割草。森林里有一棵大槲树……"

听到这里，魔怪的心里一阵揪痛。

果然是她啊！

魔怪断断续续地说起来：

"阿姨……如果把你给我点心的这只手……猛地砍断……我绝对做不出这样的事……是吧，是吧……阿姨。"

“这孩子，你到底要说什么啊？”

面粉店老板娘呆呆地问道。魔怪等自己完全镇定之后，把右臂直直地伸了过来。

“你看看这个。”

“唉，我知道你是个只有一只手的孩子。”

老板娘轻轻地说。

“那为什么会是一只手，您也知道吗？”

魔怪的心，渐渐地冷了下来，平静下来。

“不……”

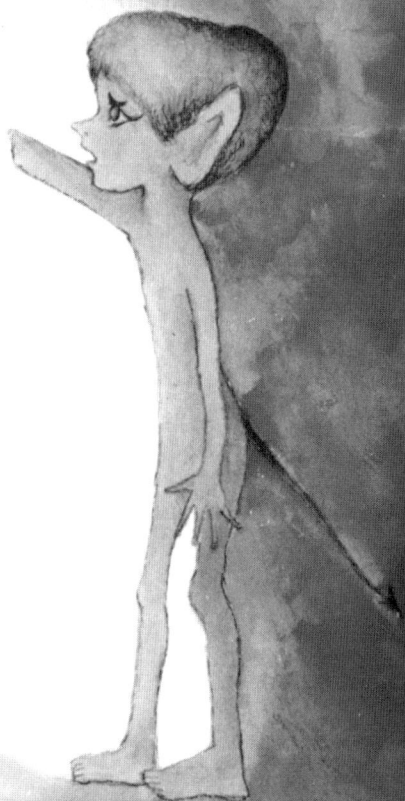

"我说我就住在槲树里面，您也会说不知道我是谁吗？"

说完，魔怪冷不防地转过身去，念起了咒语。穿着绿衣服的少年，眼看着就变回到了黑色的魔怪。变成了长耳朵、长尾巴的魔怪小孩。

接着，这个小魔怪把断了的棒子似的右臂，伸到了老板娘的面前。眼里闪烁着复仇前的红光。

老板娘看到魔怪的手臂，不禁叫了起来：

"哎呀，这不是借我镰刀的那只手臂吗？怎么会成了这个样子？"

老板娘的眼里含满了泪水。直到这个时候，魔怪才头一次看到了眼泪。

老板娘温柔地摸着魔怪的右臂。

……

魔怪渐渐地知道了事实的真相。

"不是你干的？"

魔怪扯着嗓子问。

"我，我怎么会干出那样的事情！"

"那是谁？是谁干的？"

魔怪一脸愤怒地瞪着看不见的敌人。

老板娘摇了摇头。

"我不知道。不过，你不能饶恕那个人吗？"

"饶恕他？"

魔怪第一次听到这样的话。

"那是什么意思？"

"就是和报仇相反的意思。"

"那就是不报仇的意思了？"

"不是。"

老板娘又摇了摇头，

"不仅不报仇，还要好好对待那个人。"

"哎？为什么……"

魔怪的眼睛都瞪圆了。

他想了好半天，小声嘟哝了一句：

"我怎么也做不到。"

两个人沉默了片刻。

又过了一会儿，魔怪有气无力地说：

"因为……你说的，我不明白。为什么要那么做呢？我怎么也不明白。"

这时候，魔怪忽然恍然大悟。

（那是因为我是一个魔怪啊。）

直到现在，他才为自己身为魔怪而感到悲伤。他好想拥有老板娘拥有的那种透明的东西，哪怕是一小点也好。魔怪的心里突然热了起来。

　　"……我想……弄明白你说的意思……"

　　魔怪断断续续地说着。那个声音，确实湿润了。而且魔怪的眼里头一次掉下了眼泪。

　　魔怪立刻抽泣起来。

　　然后他越哭越厉害。

　　魔怪哭泣，这可是空前绝后的事情。

后来，魔怪一路哭着跑回了森林。然后，冲进那棵槲树的树洞里，一直哭个不停。

　　这么一来，这个魔怪小孩永远也不会长大成人了。因为他在长成大人之前，让人类看到了自己的模样，没有遵守誓言，而且还哭了。

　　不过，虽然被砍掉了小小的右手，但魔怪用了二十年时间，知道什么叫眼泪了。

不知过去了多少年。

流过那么多眼泪之后，魔怪觉得自己的身体渐渐地变得透明起来，好像方糖在开水中融化一样。

后来有一天的早上，从紧闭、昏暗的槲树的树洞里，跳出来一位白得透明的年轻人，跳进了耀眼的阳光中。

年轻人宛如一位光的王子，迈着轻快的步子，消失在森林的深处。

红玫瑰的桥

悬崖边上坐着一个绿色的小鬼，正在眺望远方。

悬崖下面是令人毛骨悚然的深谷，对面也是陡峭的悬崖。

"对面的悬崖上有什么呢？"

已经好久了，小鬼一直想知道这些。

"喂喂，妈妈，南边的悬崖上有什么？有谁住在上面吗？"

迄今为止，小鬼不知反复问了鬼妈妈多少次这个问题了。可是，鬼妈妈正在卖力地把老鼠皮拼到一起，给小鬼们缝围腰带，顾不上好好回答小鬼的问题。

"妈妈大概也不知道吧。"

小鬼这样想。

南边的悬崖上，是橄榄色的森林。

（可能也有鬼吧？）

一开始，小鬼是这么想的。但当他听到从那座森林里传出来音乐时，他知道肯定没有鬼了。

"鬼是不可能知道那么好听的音乐的……"

话说有一天，刮起了以前从没刮过的强烈的南风。

"自古以来，风就应该是北风，怎么刮起了南风？该不会有什么不好的事情发生吧？"

鬼妈妈嘀咕着，今天她也在卖力缝围腰带呢。南风模模糊糊的，暖暖的，但却是一股强烈的大风。

　　乘着南风，一顶帽子从南面的悬崖朝北边的悬崖飞了过来。捡到帽子的，当然就是那个小鬼了。

　　"哇，帽子。不过，好奇怪啊，没有放犄角的洞。"

　　小鬼一边转动着、摸着捡到的帽子，一边自言自语地说。那是一顶红毡帽，后面还系着一条丝带，有一股不可思议的甜甜的香味儿。

　　"啊，我知道了。"

　　小鬼转着眼珠，像是在仔细思考的样子。

　　"这就是说……对面的悬崖上，住着散发着香味儿、没有犄角的生物。"

啊啊，肯定是这样。

而且，这顶红帽子的主人，一定是个女孩吧？

"一个散发着香味儿，非常可爱的女孩。"

小鬼的心里忽然痒痒起来。

"对，要去还给她。"

小鬼猛地站起身来。可是悬崖和悬崖之间，是一道光，是瞧一眼就让人头晕眼花的深谷。

"只有等到下次再刮大北风的时候，才能还给她了。"

小鬼说完这句话，立刻觉得那样一来就没趣了。那样一来就见不到那个女孩了。要想办法自己去，自己亲手还给她……

小鬼想了很久，最后终于想出了一个好办法。搭一座桥，一直通到对面的悬崖上。

　　"哈哈，这是个好主意。"

　　小鬼嘣地跳了一下，然后跑到了鬼妈妈的小屋里。

　　"喂喂，妈妈，桥怎么搭呀？"

　　鬼妈妈忙得不得了，连头都没有回，就用嘶哑的声音唱起了这样一首歌：

　　桥是七色彩虹桥

　　可还没走过那座桥

　　转眼就会掉下去

"哼。"

小鬼咂了一下嘴，跑出了小屋。

这天，天空湛蓝湛蓝的，像透明的一样，小鬼忍不住欢欣雀跃起来。对面的悬崖上面，有一个不同的世界，说不定，不，一定一定能走过去……想到这些，小鬼的心都被染成了玫瑰色。

（搭一座桥吧。吊桥……独木桥……啊，一条绳索也可以。）

小鬼这么想着。小鬼很会走钢丝绳，所以，只要悬崖和悬崖之间有一条绳索，即使是闭着眼睛，他也有信心走过去。

"对了！"

小鬼啪地拍了一下手，来到了好朋友鬼女孩家。

鬼女孩的家里，小鬼们都躺在鬼妈妈的四周，在啃排骨呢。鬼妈妈也在一边缝衣裳，一边用嘶哑的声音唱歌呢。

小鬼又像往常那样，紧靠在正面的大门上，叫起了朋友的名字。

"哎——来了。"

随着一个尖厉的声音，一个鬼女孩走了出来。犄角下面是两条编得漂漂亮亮的长辫子。

"我有一件事想求你。"

"什么事儿？"

鬼男孩把那顶帽子飞快地藏到身后，比平时要客气地说：

"你能教我编辫子吗？"

"编辫子？"

鬼女孩慢悠悠地从上到下地摆弄着自己的辫子，温柔地歪了一下头：

"教你编辫子做什么？"

"那个，那个……"

小鬼结巴了。然后，他凑近鬼女孩的耳边说：

"保，密。"

他绝对不能告诉她，他要用藤条编成辫子，搭一座桥，去对面的悬崖，把帽子还给一个可爱的女孩。

"不过，你要是肯教我，下次我会给你一只好吃的野兔。雪白雪白的，毛还可以做围脖。"

听了这话，鬼女孩点了点头，二话没说，就把自己的辫子啪的一下解开了。然后，耐心地教起他编辫子的方法来。

第二天，南面的悬崖和北面的悬崖之间，拉了一根用藤条编成的绳索。对那个小鬼来说，那就是一座很不错的吊桥了。

小鬼手拿系着丝带的红帽子，轻轻地走过了独索桥。

南面的悬崖上住着一个魔女。

这个魔女在森林中拥有一座大玫瑰园和一家香水厂。这时，玫瑰园里无数朵玫瑰花正在盛开，弥漫着一股甜甜的呛人的芳香。

小鬼不知不觉闯进了这座花园。

"丢了帽子的温柔女孩，就住在这些花里吗？
……"

小鬼一边走，一边这么想着。

魔女一直从玫瑰花丛中盯着他的背影。魔女的眼睛是混浊的灰色，已经老眼昏花了，但是她飞快地发现稀奇的东西、开动脑筋的力量，却一点都没有衰退。魔女目送着小鬼走进玫瑰园，把手里握着的剪花的剪刀，咔地剪了一下，点了点头。

话说魔女有一个叫小枝的女儿，这女孩在香水厂工作。魔女的香水厂位于玫瑰花园的正中央，是一座细高的塔楼。

小鬼慢悠悠地在玫瑰园里走着，走着，听到从那座塔楼里传来一阵温柔的音乐。他在鬼村里不时听到的，就是这个音乐。那音色，就好像是好多好多光的线一齐拨响了。

"啊啊，一定在这里。"

小鬼跑到塔楼旁边，喊了一声：

"有人吗？"

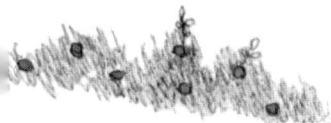

这时，音乐停止了，门啪的一下打开了。露出脸来的，是一个有点发育不良的小女孩。魔女的女儿头发是灰色的，像扫帚一样乱糟糟，脸就像黄鼠狼。女孩一见到小鬼，立刻皱着眉头叫了起来：

"啊，讨厌。是鬼啊。"

小鬼心里一惊，他望了望那张脸，然后马上想，不应该是这样的啊，这个女孩怎么会戴那顶帽子呢……

可爱的女孩到底藏在哪里了呢？小鬼想问一问，就把帽子举起来，说：

"那个，我想打听一下。"

想不到女孩叫了起来：

"啊，那是我的帽子！"

"……"

"你在哪儿捡到的？喂，在哪儿捡到的？"
魔女的女儿扯开像鸭子一样的嗓子问。

"这是你的？……"

小鬼惊呆了，盯着女孩的脸看了半天，像要把女孩的脸看穿似的。

过了好半天，小鬼才小声嘟囔了一句：

"唉，我还以为是一位公主的帽子呢。"

听了这话，魔女的女儿高兴地笑了。

"是吗？我的帽子有那么漂亮吗？"

然后，女孩的心情突然就好了起来，她把一条像木棍一样的腿，伸到了小鬼的面前。

"你看，鞋子和帽子是一套的。"

那双鞋，也是红毡子做的。

"嗯。像公主的鞋子。"

小鬼无聊地嘀咕了一句。女孩听了，得意地说：

　　"那当然了。这些都是我妈在城里弄来的。我妈呀……"

　　刚说到这里，女孩一下捂住了嘴。然后，她凑近小鬼的耳朵，悄声问：

　　"你没有被我妈妈发现吧？"

　　"没有。谁也没有发现。"

小鬼摇了摇头。

"我妈是魔女，如果被她发现了，你一定会被她捉住。不过呢……"

魔女的女儿的小鼻子上，都笑出皱纹了。

"我把你藏起来吧。我本来最讨厌鬼的小孩了，可是你把我心爱的帽子送回来了，还夸了我的帽子和鞋子。"

接着，女孩把小鬼拽到屋里，又急急忙忙关上了门。

　　小小的屋子里面，堆了一堆玫瑰花瓣，它们的后面有一个大锅和一把铲子。女孩一边在飘着花香的屋子里走着，一边一个人不停地说着。

　　"我呀，叫小枝，每天就住在这里做香水。还有，我很会弹曼陀铃。我弹给你听吧。"

　　女孩坐到了地板上，然后用骨瘦如柴的手，弹起了曼陀铃。

小鬼刚才还在遥远的悬崖上聆听这种乐器，现在竟然可以在这么近的地方看到，简直像做梦一样。

可是眼前这个女孩长得好丑啊……小小的脑袋，戴着红帽子，专心致志地弹曼陀铃。看着看着，小鬼不知为什么觉得心里变得十分凄凉。

不过，小鬼头一次体会到了在如同融化的花香中聆听音乐的快乐。

（鬼村里没有玫瑰花，也没有曼陀铃。）

小鬼这样出神地想着。

过了一会儿，有谁在使劲儿敲门。然后，响起了这样一个声音：

"小枝啊小枝，

绿色的小鬼，

藏在这里吗？"

女孩猛地抬起了头，然后丢掉曼陀铃，二话没说就用力拉起小鬼的手，冷不防把他推进了那口大锅里，然后，用铲子在上面撒了一层玫瑰花。

"绿色的小鬼，藏在这里吗？"

门开了一条小缝，果然是那个灰头发的魔女，她朝里面张望了一下。小枝铲了满满一铲子花瓣，回答说：

"嗯嗯，妈妈，
谁也没有来。
我刚才一直在这儿，
往锅里铲花呢。"

魔女听了，点点头走了。
小鬼从呛人的玫瑰花里咕噜地探出头来。
"啊，你救了我！不过待在花里面太难受了。我
可以出来吗？"
"不行不行，我妈很难缠的，她马上还会回来的。"
小枝这么说着，又让小鬼舔了一勺糖稀。不一
会儿，门像是被风吹开了一样，魔女又出现了。

"小枝啊小枝，
绿色的小鬼，
藏在这里吗？"

"嗯嗯，妈妈，
谁也没有来。
我刚才一直在这儿，
往锅里铲花呢。"

魔女听了，咂了咂嘴。

"这个小鬼崽子，到底藏在哪里了呢？"

等魔女走了，小鬼在花里面叫了起来：

"我已经喘不过气来了。可以出去了吗？"

"不行不行。我妈马上又会来的。再忍耐一下吧。不过，我很会演戏吧？这么有趣的事，还是头一回。"

说完,小枝抿嘴一笑。小鬼发现她的嘴里有獠牙。

"哎呀，你也有獠牙啊？跟我一样。"

这么说着说着，小鬼心里不觉就热了起来。

"我们都有獠牙，所以可以一直做好朋友的。"

小枝点了点头。

过了一会儿，门又开了，魔女又朝里面张望。

"小枝啊小枝……"

刚一听到她那嘶哑的声音，小枝立刻回答说：

"嗯嗯，妈妈，

谁也没有来。

我刚才一直在这儿，

往锅里铲花呢。"

想不到，魔女的声音突然变得粗暴起来：

"你要一直铲到什么时候呀？赶快点火吧！别忘
记做香水！"

就这样，当魔女又像一股风一样消失在森林里
之后，女孩急忙拉住小鬼的手，把他从锅里拽了出来。

"快快！只能逃跑了。"

浑身沾满了花瓣的小鬼，从锅里蹦了出来。

"我去送你，快点回去吧。不过，你是怎么跑到这里来的？"

小枝温柔地问。

"我是从桥上过来的。只有一根藤条的桥。"

"藤条的桥？那如果不快走就危险了。我妈她有一把大剪刀。"

"是吗……"

这时候，小鬼的眼睛里，映出来的是一个亲切

可爱的女孩。

"小枝……"

小鬼第一次叫出了女孩的名字。可想不到，他突然悲伤起来。小鬼快要哭出来了，他说：

"那个……那个……那个……"

可是，他什么也没说出来。小枝像一根木棍子一样，直挺挺地站在那里，接着露出不知如何是好的表情，笑了。

然后，鬼小孩和魔女的女儿跑到了外面。红鞋子和绿色的赤脚，啪嗒啪嗒地穿过玫瑰花<u>丛</u>。

　　很快，他们俩就气喘吁吁地跑到了悬崖边上，小鬼屏住了呼吸。

　　"呀，桥上开着玫瑰花呢。"

　　藤条桥上，不知什么时候缠上了爬蔓玫瑰，开满了红色的花。

　　"太美了！"

　　小鬼出神地说。可是，女孩却摇了摇头。

　　"这肯定是我妈施的魔法，一定是个圈套。"

　　"不会吧？"

小鬼满怀信心地上了桥。就在那一瞬间，针一样的东西扎中了小鬼的脚。

是玫瑰的刺。

"好疼啊！"

小鬼按住被刺痛的一只脚，蹲了下去。小鬼的脚丫还很嫩。

"你看，过不去吧？"

小枝担心地说。

就在这时，森林的深处，远远地回响起了魔女的声音：

"小枝啊小枝。"

他们俩不禁对望了一下，浑身颤抖起来。

"小枝啊小枝，

绿色的小鬼，

藏在这里吗？"

那个声音，渐渐地朝这边接近了。

小枝猛地把自己的红鞋子脱了下来。

“你穿上它们过桥吧，那样就不会疼了。”

小鬼心里一惊，然后急忙问道：

“行吗？这是你心爱的公主鞋，真的行吗？”

嘴上虽然这么问，但小鬼已经穿上了红毡鞋，走在布满尖刺的桥上了。他连再见都来不及说了。他的身后，回响着魔女和女孩的声音，如同一首悲伤的歌：

"小枝啊小枝，绿色的小鬼……"

"嗯嗯，妈妈，哪里也没有。"

啊，魔女离悬崖越来越近了，她手里拿着大剪刀。小鬼两只手朝两边直直地伸了出去，他已经汗流浃背了，他一小步一小步地在独木桥上前进着。快点快点，急死人了……

这时，小鬼猛地想起了鬼妈妈从前唱的那首歌：

桥是七色彩虹桥，

可还没走过那座桥，

转眼就会掉下去。

小鬼身子一晃，不由得闭上了眼睛。啊，桥就要掉下去了，马上就要掉下去了，就要、就要、就要……

突然，小鬼觉得自己的身体被轻轻地抱了起来。那是一双又大又温暖的绿手。

"妈妈！"

落到地面上，小鬼才喊出了声。他想：啊，得救了。

"你呀，好危险啊，以后再也不要这么做了。"

鬼妈妈拥抱着小鬼，用嘶哑的声音说。

就在这时，桥断了。

玫瑰桥摇晃着，宛如一条红色的带子，垂落到了河谷的深处。而南面的悬崖上，红帽子女孩孤零零地站在那里，还在不停地招手。

作家对谈

『我非常痴迷于讲述这一形式』

安房直子

原刊于《现代儿童文学作家对谈》

一九九二年　偕成社

原刊于《现代儿童文学作家对谈⑨》

采访者　神宫辉夫 (注1)

遇见格林童话

神宫：今天，有好多话要问您。您的作品很多吧？

安房：因为都是些短篇，所以显得很多吧。我想，如果把原稿的页数加起来，并没有那么多。

神宫：但是读来耐人寻味，有气势。

安房：谢谢。

神宫：不管是哪一本书，都收入了好多作品。

安房：筑摩书房的书里收得满满当当的（笑）。

神宫：我最喜欢的是《花香小镇》（1983 年）。我个人觉得这篇作品写得最好，读着最开心。

安房：是吗？

神宫：我和我那里（青山学院大学）的学生，在读书会上读过您的《梦的尽头》（1975 年）。不过，他们没有说《花香小镇》好。我觉得，橘黄色的自行车从花里飞出来这个意象，真是天才灵感的闪现。

安房：我喜欢思考颜色。

神宫：那怎么会是自行车的意象呢——而且是女孩子骑着自行车在小镇上奔驰的意象？我真是钦佩不已。

安房：说心里话，《花香小镇》并不是我那么中意的作品（笑）。

神宫：您最中意的作品是？

安房：我最喜欢的是《风与树的歌》（1972 年）。喜欢的原因，是因为它里面倾注了我的思考，而且是我出的第一本童话集。

神宫：《风与树的歌》里面收入的《天空颜色的摇椅》，是山室静先生肯定的作品吧？

安房：是的。是我大学三年级的时候写的，刊登在《目白儿童文学》杂志上，在评审会时，山室静先生对我说："这样的作品如果能写上十来篇，就出书好了。"

神宫：所以您就写了十来篇。

安房：是的。得到了山室静先生的肯定，而且实现了当时的梦想，所以我还是喜欢《风与树的歌》。

神宫：是这样啊。在 1972 年《风与树的歌》成书之前，先出版了《被施了魔法的舌头》（1971 年）和《北风遗忘的手绢》（1971 年），这两本单行本是您最初出版的书吧？

《北风遗忘的手绢》是童话故事形式的作品，被拟人化的北风夫妇和女儿三人接连来到熊的家里。您开始创作的时候，您看过当时出版的日本儿童文学的各种作品吗？

安房：那时松谷美代子先生的《龙子太郎》应该出版了吧？我当时对儿童文学这种样式还没有太多的意识，没有考虑大量地阅读，也没有考虑现状是怎样。我想的只是写童话。所以，根本就没有考虑过现在的社会需要这样的东西，要写这样的东西。

神宫：也并不是因为受到山室静先生的启发，才开始写童话这种形式的东西，对吧？

安房：我想不是的。我从小时候起就喜欢童话。最开始，在上小学前父母给我买了《格林童话集》。当时我还不识字，所以让父母读给我听。一直到小学的三四级，我几乎整天都在读《格林童话》《安徒生童话》和《一千零一夜》。于是，长大以后就开始想成为写故事的人，故事，就是这样的啊。我想写的，就是格林童话那样的童话。所以我想，我与山室静先生相逢，是遇到了我想写的领域里的人了。

痴迷于讲述的形式

神宫：《北风遗忘的手绢》这个题名，让人联想到二战前的作品《北风送我的台布》。在作品里，北风被拟人化了。风被拟人化的作品，以前就很多，但是北风夫妇和孩子三人之间，相隔一定距离吹过来这个构思，特别有创意。北风这本书里的插图，北风的脸是蓝色的吧？

安房：是的。

神宫：而且北风还骑着马。我读到这里时，还以为是圣经里面的形象呢。圣经里面不是有一句"我，看见蓝马"吗？

安房：是旧约圣经吗？我学生时代也读过圣经，但不知道有这样的话。

神宫：噢，不，我只是稍微有一点儿这样的印象。同年出版的《被施了魔法的舌头》，也是不可思议的小人出现，给人各种帮助的故事。这些具有超自然能力的帮手出现的故事，格林童话里面特别多。

安房：这完全是受到格林童话的影响。我现在还是喜欢写具有超自然能力者帮助遭遇不幸或不走运的主人公这种类型的故事。现在就在写。

神宫：是啊，以得到不可思议的比目鱼的帮助，开餐馆的年轻人为主人公的《海之馆的比目鱼》和《被施了魔法的舌头》，都是同一种类型的作品。

安房：是的。

神宫：这样看下来，您受民间故事和传说影响的作品相当多呢。《下头一场雪的日子》这个故事，雪下个不停，小孩跟着白兔们去跳滑石圈，等到醒悟过来时，才发觉来到了一个遥远无边的地方。这也很像民间故事。

安房：是啊。

神宫：好像是爱尔兰的民间故事里有这样一个故事，和妖精玩了一个晚上，不知不觉来到了一个遥远无边的地方。说起来，日本的神隐故事也都是醒悟过来时，发现自己已经来到了一个遥远无边的地方。有趣的是《猫的婚礼》。英国民间故事里有一个《猫国王》的故事。养猫的饲主走夜路时，遇到了一只猫，猫对他说："请告诉你们家的猫，就说某只猫死了。"饲主回到家里，一边抚摸着猫，一边说："刚才我在路边遇到一只猫，留给你某只猫死了这样的口信。"猫听了，便说："那这回该轮到我当国王了。"说完就冲出了家门。一个非常怪异的故事。还有爬满丝瓜蔓的《原野尽头的国度》，是一个蜜蜂之国。您读过《唐代传奇集》吗？

安房：没有。

神宫：《唐代传奇集》里面有一个主人公进到自家屋檐蜂窝里的故事。后来，他跟蜜蜂公主结了婚。一天，一个怪物突然潜入这个国度。"你是新郎，你要想想办法打败怪物呀。"听公主这么一说，主人公一下从梦中醒了过来。他听到蜜蜂在耳边嗡嗡地说着什么，再仔细一看，自己家的蜂窝那里来了一条大蛇。打败了这条大蛇之后，蜂窝从此繁荣昌盛。一个非常美好、不可思议的故事。读了《原野尽头的国度》，我想起了这个故事。1986年的《月牙村的黑猫》，会让人联想到《黄莺大宅院》。

安房：《黄莺大宅院》是日本的民间故事吗？

神宫：是的。好像是青森县的民间故事。一个"不该看"的故事，叫《不许看的厅堂》。在青森的《黄莺大宅院》里，会出现春夏秋冬四个屋子，可以看到各个季节。看了不该看的东西，不仅是《黄莺大宅院》和《不许看的厅堂》中的桥段，佩罗的《蓝胡子》也是一样。

安房：是啊。

神宫：我们在编故事的时候，都是以人类文化遗产中的某种东西来作为基础的。我觉得您就是从世界各国丰富的文化遗产中汲取营养创作故事的。至今为止，您在写作时，是如何思考传承文学，又是如何以其为范本，创作自己的作品的呢？

安房：我从小读了很多童话。开始写童话，我想完全是受到童年阅读的影响。在读格林童话和其他童话时，会觉得里面有节奏传了出来。而且，那节奏会与我自己的呼吸和心脏的跳动成为一体，是像讲述的节奏一样的东西。

神宫：也就是说，是故事的起承转合，由不露面的叙述者来讲述的形式。对吗？

安房：对。我非常痴迷于讲述这一形式。经常有写不出作品的时候，觉得写得不顺的时候，我就去读格林童话，有时还会读出声来。这样一来，我就会找到节奏，顺利地写下去。如果不是童话和民间故事的形式，我可能写不出来吧？所以，我不擅长写长篇。

神宫：也就是说，一边细腻地描写主人公和周遭的情景，一边展开主人公的必然性的行动……

安房：我肯定是不行的。

神宫：不过，故事当然要有一条非常清晰的线索，主人公要在其中进行着各种各样的行动，所以作品的深度与页数的多寡，是不一样的。您早期的作品《花椒娃娃》，也是从铃菜、三太郎和树精花椒娃娃的儿童时代，一直写到必须各自开始大人生活的时期吧。故事这种形式的东西，它的内涵可并不浅啊。

安房：是啊。

神宫：安徒生童话和格林童话也是这样。只是怎么写的写作方法不同而已。

安房：是啊。这种写作的形式，深受民间故事形式的影响。

神宫：我也这么想。早期的《北风遗忘的手绢》和《被施了魔法的舌头》，用老话来说，这两本书都有点奶油味吧？

安房：是有奶油味。

神宫：是因为构思会让人联想到西欧的民间口头文学吧？不过，

您也创作了《花椒娃娃》。《花椒娃娃》要比《北风遗忘的手绢》和《被施了魔法的舌头》晚一些吧？

安房：不是的。《北风遗忘的手绢》要早一些。《被施了魔法的舌头》是在《花椒娃娃》获得新人奖之后写的，顺序是《北风遗忘的手绢》《花椒娃娃》《被施了魔法的舌头》。

神宫：《花椒娃娃》去年（1989 年）由井本容子作画，做成了绘本。是一本非常漂亮的绘本。

安房：真是一本好绘本。

神宫：即使是做成了绘本，读起来也不觉得陈旧，说是刚刚诞生的作品也不会让人意外。您不觉得在您早期的作品中，它是一个结构严谨的故事吗？

安房：结构确实很紧凑。

神宫：是一个悲伤的故事吧？

安房：是的。单相思……

神宫：这种单相思的故事，是安徒生最得心应手的手法了。安徒生的作品都是这样的吧？

安房：比如《美人鱼》……

神宫：对，《美人鱼》也好，《坚定的锡兵》也好，安徒生的童话多半说的都是在这个世界上不能实现的爱情故事，但是又有感觉能在天堂结合的预兆。我觉得这是欧洲人的幸福观。您的《花椒娃娃》，虽然是民间故事的形式，但是花椒娃娃被透明的风吹走了，最后到底会去哪里，不知道结局。这就是您的独特之处吧。

安房：是吗？就这样变成了研磨杵在热卖吧。（笑）（注2）

神宫：我想是这样的。从这层意义上来说，还真是有轮回转生啊。所以，《花椒娃娃》是日本风格的作品。您说收入《风与树的歌》里的《花椒娃娃》，是您最中意的作品，但大家评判最高的，大概还是《狐狸的窗户》吧？

安房：嗯，是的。我想是因为收在了课本里，读过的孩子最多。

神宫：喜欢童话的人，对《风与树的歌》里面的《鸟》《夕阳之国》《谁也不知道的时间》评价很高。作为作品，《狐狸的窗户》《花椒娃娃》《天空颜色的摇椅》《鼹鼠挖的深井》的结构都非常严谨，主题鲜明。还有就是意象与颜色密切相关，颜色作为一种象征，巧妙地表现出了悲伤、喜悦和憧憬。大人小孩都能读懂，是结构严谨的好作品。在《风与树的歌》的解说中，山室静先生提出了您日后的课题。他一方面给予了《花椒娃娃》《狐狸的窗户》是出色的好童话的评价，另一方面又指出了您日后的课题，就是如何拓展题材，把童话写得更深刻。我觉得就是为了回应他的这段话，您写了《白鹦鹉森林》（1973年）和《银孔雀》（1975年）。

安房：是的，的确如此。在《白鹦鹉的森林》和《银孔雀》两本书出版的时候，我非常振奋。

神宫：年龄也在三十岁出头……

安房：是的。那时，还不知道自己的能力有局限，以为从今往后，可以开拓任何新的境界。不过，回过头来再读《银孔雀》，我觉得要是换成现在，我是不会写的。

神宫：您最近是没有写那样的作品呢。

安房：不会写了。

神宫：感觉什么地方发生了巨大的变化。大概是在写完《狗尾草原野》（1984 年）和《权太郎的秘密电话》（1983 年）的时候，我感觉您改变了写作风格。

安房：是吗？变得圆滑了（笑），对吧？

神宫：变得深刻了（笑）。

安房：如果能像您说的那样，我倒是很开心（笑）……

神宫：《白鹦鹉的森林》收入了《雪窗》《白鹦鹉的森林》《鹤之家》《野玫瑰的帽子》《线球》《长长的灰裙》《原野之音》，是吧？《白鹦鹉的森林》也好，《银孔雀》也好，《遥远的野玫瑰村》（1981 年）也好，都是作品的结集，但是我想，作为一本书来读的话，还是可以读出贯穿在每一本书深处的主题的。比如《白鹦鹉的森林》的主题是"生与死"，是"生者与死者"。尤其是《白鹦鹉的森林》和《鹤之家》，更是特别突出。我觉得可以探讨死的意义和生的意义这种重大的命题，是童话最大的优势，是它的意义所在。但是，儿童文学不太涉及死亡的问题吧？

安房：是啊。说起《白鹦鹉的森林》，我现在想起来您还在《朝日新闻》为我写过书评。谢谢您。您说过它"不是儿童文学"吧？

神宫：是吗……

安房：在写《白鹦鹉的森林》的时候，我确实是有一种想打破儿童文学界限的不逊想法。《风与树的歌》之后，在写《白鹦鹉的森林》和《银孔雀》的时候，我不想让自己的作品纳入儿童文学的范畴。直到写《遥远的野玫瑰村》的时候，我才记起来，童话这种东西还是应该给孩子们看的。但是在写《银孔雀》和《白鹦鹉的森林》的时候，我只想写自己想写的东西，有人能产生共鸣最好，就是那样一种姿态。不过现在，虽然不是百分之百，我还是以儿童读者为对象在写作。

描写声音……

神宫：《白鹦鹉的森林》是1973年出版的，1970年前后，日本儿童文学的潮流发生了变化。

安房：啊，是吗？

神宫：二十世纪六十年代是二战时期和二战刚刚结束后的流派的时代。是经历了战争的人，或是战争中度过了儿童时代的人，迎来战争结束，开始写东西的时代。他们在六十年代写完了最初应该写的那些主题。到了七十年代，进入了儿童文学的概念本身开始发生变化的时期。儿童文学，不应该仅仅局限于儿童的范畴，说到底，就是一种形式，儿童是主要的阅读对象，但读者并不仅仅是儿童，写什么都可以。您的《白鹦鹉的森林》，一方面是因为出版方是筑摩书房这样敢于冒险的出版社，另一方面，也有时代包容的原因。您在写作时，并没有考虑我要把这些东西传递给孩子们？

安房：是的。我是在完全没有考虑过读者的情形下写完的。

神宫：现在再来读《鹤之家》，我还是觉得它是一部完成度很高的作品，是以日本人容易理解的清晰意象写出来的。不管这部作品的阅读者是大人还是小孩，都能留下非常强烈的印象。它出过绘本吗？

安房：没有出过绘本。

神宫：只是收入到了筑摩书房的《白鹦鹉的森林》里?

安房：还有筑摩文库。

神宫：故事说的是，一个被猎人误杀的丹顶鹤精，为猎人的婚礼送来了一个蓝色的盘子。从此以后，这家每死一个人，盘子上就会多出来一只鹤的图案。这个意象太令人震撼了! 《白鹦鹉的森林》在构成上变得复杂一些了吧?

安房：也许是。讲的是黄泉国度的故事……

神宫：这种黄泉国度的意象当然是非常特别的，取材于……

安房：如果说受到影响，那应该算是莫里斯·梅特林克的《青鸟》吧?

神宫：《青鸟》的意象是一旦活着的人思念，死者的国度就会苏醒。《白鹦鹉的森林》则把天国或是极乐世界搁在一边，讲的是思念的鹦鹉来到中间地带的故事。而且，要想去真正的永远之国，是需要向导带路的。白鹦鹉到来的这个构思，的确与《青鸟》里只要一回忆，死者之国就会苏醒的情节很相似。不过，叫那只名叫咪的猫带路前往的彼方的极乐世界，究竟是什么呢?

安房：对不起，明明是自己的作品，被您这么一讲，才回忆起来："啊，是啊。是写过那样的故事……"（笑）

神宫：不过，那个死者前往的永远之国，不是西欧式的，我觉得什么地方有点日本的意象。另外，《鹤之家》有一点佛教传说的氛围，非常有趣。从这种意义上来看，《白鹦鹉的森林》这本书里的《雪窗》，最好懂。

安房：也许是。我也喜欢《雪窗》。

神宫：很美的作品。

安房：我记得写《雪窗》的时候，我想写一个仿佛能听得到声音的故事。写其他的作品时，我想写仿佛看到鲜明颜色的故事，但写《雪窗》时，我就是想写一部仿佛能听到声音的作品。

神宫：非常柔软的感觉。同样是处理生与死，但您写得非常温柔。《白鹦鹉的森林》和《鹤之家》则超越了这些，有力量，震撼人心，让人仿佛窥视到了生与死的神秘。我读《线球》，也留下了非常深刻的印象。经常来公主房间玩的小孩出麻疹了，不能来了，另外一个小孩偶然钻了进来，得了麻疹的公主跟这个小孩玩了起来。等她病好了，还想跟这个小孩玩，可这个小孩已经像大人一样开始劳动了。而这一切，公主都是从和服的袖兜里看到的幻影中知道的，这里写得太好了。

《白鹦鹉的森林》问世两年后出版的《银孔雀》，我以为，如果不是童话，是写不出那种境界的。这本以《银孔雀》作为书名的集子，收入了《银孔雀》《绿蝶》《熊之火》《秋天的风铃》《火影的梦》《大蓟原野》《蓝色的线》，写的都是人被什么东西迷住的故事——

安房：是的。与其说被迷住，还不如说是无比憧憬，身不由己地陷了进去，最终毁灭的故事。

神宫：是啊。这是童话中最常见的一贯主题，格林童话、安徒生童话和欧洲的童话里面太多了。有一本翻译书，里面有一篇以探险为主题的作品。故事讲的是，一个男人听说有一条谁也没有见过的瀑布，为了看到这条瀑布，他不顾一切地出发去探险。他是带人去的，可是途中跟着去的人一个接一个地死了，最后只有他本人看到了瀑布。既没有地理学上的发现，也没有因为这个发现带来什么变化。直截了当地说，就是好多人被杀死的探险。想法不同，可以认为这是一个负面的故事。那个人就是想看瀑布，只是被迷住了。我读《银孔雀》的时候，忽然想起了这个故事。有一种如同人的罪孽的东西，被突出表现出来。

安房：是的。我记得《银孔雀》从一开始就想写这样的主题。

神宫：《银孔雀》讲的是一个身心都被刺绣吸进去，最后消失了的年轻人的故事。最后的画面太惊心动魄了。一棵大榕树的顶上，纺织匠绣的那面旗子随风飘舞，我是在惊愕中读完的。《绿蝶》里的小主人公，虽然被绿色的蝴蝶迷住了，但是在紧急关头返了回来。《银孔雀》里的纺织匠没有回来。

安房：虽然我写过有的回来了，有的没有回来，但在这个地方我总是犹豫不决。

神宫：虽然也有表达的问题，但在格林童话里爱憎也是没有什么道理可讲的，就是很残酷的东西。憎恨、嫉妒，杀死对方、消灭对方，而且，自己受到报应也不反省。这就是民间故事。因为是许多人创作的，所以个性被抹杀掉了。如果是个人的创作，就会觉得可怜，写不出来，不署名才写得出来。您《绿蝶》里的小主人公犹豫了一下回了家，就是一个作家创作中的犹豫吧？

安房：也许是这样的。

神宫：写人的罪孽，一个作家是写不完的。那部作品是叫《火影的梦》吧？大概也是您自己喜欢的作品吧？

安房：我写完《火影的梦》的时候，自己也觉得写了一部很好的东西。我记得刚一写完，就得意扬扬地拿去给编辑看了。成书之后，我也觉得是一部好作品。不过，出版之后过了十几年再读，我觉得太青涩了，如果是现在的话，我想我是不会写了（笑）。这样想的，除了《火影的梦》，还有《蓝色的线》，这两篇作品让我觉得有点羞愧呢（笑）。

神宫：在《蓝色的线》里，姑娘和年轻人变成鸟后出走的部分，也许是有那么一点唐突。《火影的梦》没有唐突感，作为一个故事，结构紧凑，是一部读起来没有破绽的作品。让人沉醉在一种不可思议的幻想之中。对了，或许有人会说《银孔雀》和《火影的梦》很颓废吧？

安房：是的，我想肯定会的。

神宫：也就是说，身不由己地陷进去了。

安房：是的。

神宫：完全沉陷在自己强烈的憧憬、欲望和爱之中，不考虑周围，不考虑后果。

安房：对，是这样。很颓废的。

神宫：也许会被这么说。

童话的可能性

安房：最近，我特别想写一些恬静、温和、圆润的东西，其实我在写《遥远的野玫瑰村》时就这么想了，童话本来就应该是这样的东西。

神宫：那可能是因为您作为作家，回过头去看自己的一系列的作品及现在正在写的东西时，会有如果换成现在就不会写了的想法。但是我认为，正是由于这些作品的出现，扩展了日本儿童文学的领域。就是说，这样的作品也是可以写出来的。

安房：您是说我的作品对社会产生了影响吗？

神宫：是的。也就是说，这样写也可以。

安房：是吗？

神宫：儿童文学啦，童话啦，虽然有各种各样的叫法，但总之就是写什么都可以，只要有人读就好。只要作家时时刻刻坦诚地面对自己，严肃认真地全力以赴就好。从这层意义上来说，既没有禁忌，也没有界限，童书不认清人的真实面目是绝对不行的。要写出这些，童话这种文学形式是最有力的。纯粹的民间故事，虽然可以不露声色地表现人的本性，但如果是一个人写的话，就不可能写出这种不露声色的感觉了。拿安徒生童话来跟格林童话比较，就有没有写到的地方，就有自我满足的地方，就有半途而废的地方。

安房：是吗？您能这么说，我很高兴。

神宫：其实在二战前，小川未明、浜田广介、坪田让治、平塚武二，已经以童话的形式出版了相当多传统的日本儿童文学作品。但像您的《银孔雀》和《白鹦鹉的森林》那样深入人的内心世界的作品，还不曾有过。二战前期的童话，在各个方面不是都有禁忌吗？比如说，浜田广介就没有写过男女的爱情。

安房：是啊。

神宫：浜田广介翻译过安徒生童话。但是，安徒生有关爱情的故事却完全没有触及过。母爱、亲情……不是那样一个时代吧。

安房：还是被时代束缚了……

神宫：对于浜田广介来说，与其说是枷锁，还不如说作为一个活在那个时代的人，不写也许是理所当然的事情吧？

安房：也许是这样。

神宫：小川未明也是一样。没有写过爱情故事。我觉得小川未明写的都是人应该怎样活着的理想，但是没有深入写过人本身的问题。从这层意义上来看，二战后的日本儿童文学最大的收获之一就是童话。虽然以前把它归入了儿童文学的范畴，但像您的《银孔雀》《绿蝶》《火影的梦》这样的作品，还是第一次出现吧？当然还有很多优秀的童话作家，比如立原惠理佳。不过在《白鹦鹉的森林》《银孔雀》之后，您还是发生了变化吧？一点一点地变化着。

安房：是变了。

神宫：那之后的作品，是 1981 年出版的《遥远的野玫瑰村》吧？接着是 1983 年出版的《花香小镇》。在以《遥远的野玫瑰村》为书名的这部作品集里，除了《遥远的野玫瑰村》之外，还收入了《下头一场雪的日子》《日暮时分的客人》《海之馆的比目鱼》《魔铲》《猫的婚礼》《秘密发电站》《原野尽头的国度》，我列举的这些作品，就是我刚才所说的能让人感到积极意义的民间故事类型的作品。这个时期的作品，与《银孔雀》《白鹦鹉的森林》相比，多少有了一些变化。您开始描写现实与非现实、现实与超自然的事物相融合的世界，其中相当多的作品都是围绕着人，探讨形形色色的生命世界的深层意义、生命的过去与现在、未来的连续、人心各种各样的样子。我想问，是不是您本身开始享受写作的快乐了呢？

安房：是的。写着写着就从容起来了。还有，也不那么斗志昂扬了，能以一种自然平和的姿态，不紧不慢地畅快写作了。于是，便开始享受自己作为作家的快乐了。

神宫：对于一个个故事，读者有时可以享受意象，有时可以享受感觉，有时可以享受故事本身。从这种意义上来讲，就是阅读的快乐。

安房：是吗？《遥远的野玫瑰村》与《白鹦鹉的森林》《银孔雀》相比，也许是写得更从容吧，我自己一直觉得写得很开心。那之后的《风的旱冰鞋》（1984 年），真的是、真的是写得很开心（笑）。后来的《狗尾草原野——豆腐屋的故事》，写得也很开心。写着写着，就觉得有余力了，渐渐地就不紧张了。

神宫：《遥远的野玫瑰村》真是一部不可思议的作品。是这样的吧？

安房：（笑）

神宫：是老奶奶的梦想吧？为了满足老奶奶的愿望，异类变幻成小孩，来到老奶奶的身边，最后给老奶奶带来幸福的故事。这种温情善良、交流（communication）或者叫融为一体（commune），使得彼此心心相通的主题，是原本的主题吧？

安房：我的吗？

神宫：是的。《遥远的野玫瑰村》让我们感受到的心心相通的温暖，是您从当初写《花椒娃娃》开始的一贯主题吧？

安房：是的。想写人与人之间心心相通的美好与温暖的想法，一直没有变。

神宫：这种想法，可以理解为就是享受写作的过程吧？

安房：是的。自己一个人心里会变得热乎乎的……

神宫：会收入到《狐狸的窗户》和《雪窗》系列里吗？

安房：这个嘛……我决定不了。

神宫：《下头一场雪的日子》把下雪变成了另外一种意象，这也是个享受意象的故事吧？

安房：是的。没有什么特别的主题。就是从"滑石画的圈子到底能延伸到哪里"这个意象中产生的作品。

神宫：所以，相反在语言之外我们能够感受到自然的神秘与奥妙，实在是太好了。拜读《遥远的野玫瑰村》这部作品时，可以感觉到您大量运用了自己的感受及生活中的快乐，不是用脑子，而是用整个身体在写作。

安房：是啊。的确如您所说，作品中出现了我的生活。自从成了家庭主妇，在厨房里做饭做菜之后，我写了相当多有关食物的事情。做的料理啦、鱼啦、蔬菜啦……孩子出生后，自己真真切切地有了一种生活着的感觉。经常有人问我："有了孩子，作品发生变化了吗？""结婚之后，作品发生变化了吗？"我虽然说"没有变化"，但还是不知不觉地发生了变化吧。

神宫：这种事情，自己是不会发觉的。

安房：是的，不会。

神宫：我读完研究生马上就结婚了。

安房：您夫人是您的同学吗？

神宫：是同一个单位的。

安房：是吗？

神宫：当时，自己觉得完全没有变化，可朋友们都说："你结了婚沉着多了。"在别人眼里看来，我的生活还是发生了各种各样的变化吧。

安房：一定是那样的。我之前没有写过生活童话，没有因为生了孩子，作品中马上就出现了孩子，之前也没有写过宝宝的故事。尽管我觉得自己跟以前一样，在写一样的东西，完全没有变化，然而还是从那个时候开始发生了变化。

神宫：《日暮时分的客人》说的是一只猫来到卖线和衬里的小店，舔布料买布料的故事，我觉得如果没有实际生活感受，是绝对写不出来那样的作品的。男人是写不出来的。

安房：是吗？

神宫：我认为是写不出来的（笑）。

安房：《日暮时分的客人》写得真是开心。写猫太有趣了……（笑）

神宫：如果没有选过衣服、玩味布料的感受，是写不出来一块块布料的颜色和手感的。

安房：是的。我喜欢去布料商店。逛商店街的时候，不是有各种各样的小店铺吗？那是我成为家庭主妇、开始家庭生活才有的感觉。

神宫：没有什么大道理，就是呈现了一种生活的实感。《遥远的野玫瑰村》就是这样一种感觉的作品吧？

安房：太对了。

神宫：味户惠子的插图也好看。

安房：是的，味户老师为我画了漂亮的插图。

从意象中诞生

神宫：那之后就是《花香小镇》了吧？

安房：是的。

神宫：就像我刚才说的那样，我喜欢作为书名的这篇作品。也许是因为与我自身的生活有关吧……东京有好多桂花。

安房：我家的院子里就有。

神宫：我家也有一棵。我家离吉祥寺（东京都武藏野市）很近。

安房：您住在武藏野市啊？

神宫：是，练马的边上，在吉祥寺的北面。

安房：武藏关吧？

神宫：对。

安房：那离我们家很近啊。

神宫：吉祥寺北町和东町都是旧宅地的街道，所以桂花很多。

安房：是的。

神宫：桂花开花的时候，正好是漫长的暑假结束，很不情愿地去学校的时候。

安房：不止是小时候？

神宫：现在也是一样（笑）。

安房：是吗（笑）？

神宫：我为什么要告诉您我想到了这些呢……从吉祥寺到我家，快步走二十分钟，慢步走三十分钟左右就够了。天气好的时候，我总是走路。那样的话，稍稍拐进一条小路，就一定会闻到桂花的香味。再拐进一条小路，又会从别处飘来桂花的香味，"哎？"，抬头一看，到处都有桂花在盛开。《花香小镇》描写的恰好就是夏季结束，秋色渐浓的小镇氛围，写得实在是太好了。我觉得是一部季节感十分丰富的作品。还有那个场面，爽朗快乐的女孩们骑着橘黄色自行车，穿过小镇，一瞬间全都飞到了天上，它让我感受到了生活的实感。变成那样的意象，实在是太好了。《花香小镇》这本书里的作品，都有不同的季节感吧？

安房：因为都是花的故事吧。

神宫：对，《小鸟和玫瑰》也是。还有《黄围巾》里出现了金丝雀，所以应该是春天的故事。

安房：那篇写得不太好……（笑）。

神宫：还收入了《不可思议的文具店》和《秋天的声音》。

安房：《秋天的声音》是波斯菊。是个耳朵听不见声音的老奶奶，从核桃里面拿出许多乐器的故事。

神宫：我读出了丰富的季节感，太享受了。《小鸟和玫瑰》让我一下想到了《银孔雀》。

安房：《小鸟和玫瑰》也是一个奶油味太浓的故事吧（笑）。

神宫：从某种意义上来说是。

安房：完全就是格林童话一样的故事。

神宫：看了不该看的东西、吃了不该吃的东西的人，当然要遭到报应，这样的民间故事太多了。我认为，您的作品始终贯穿着沉淀在传统故事底层的深刻主题。《小鸟和玫瑰》乍一看不像是民间故事风格，但根底还是格林童话的风格吧？

安房：是的。说到底，格林童话还是一直在我心中啊。

神宫：《黄围巾》是一个快乐的故事。

安房：虽然《黄围巾》场面展开得很快乐，但故事没有什么深度。

神宫：您本人喜欢《桔梗的女儿》吗？

安房：《花香小镇》里面吗？

神宫：对。

安房：喜欢《秋天的声音》。

神宫：原来是这样。《花香小镇》是 1983 年……

安房：《狗尾草原野》是 1984 年。

神宫：是第二年。像您刚才说的那样，从《狗尾草原野》开始，对孩子的关心变得强烈起来了。

安房：是的，也许是。

神宫：首先，故事变得容易理解了。虽然这本来就是您作品里潜藏的特质，但这部作品变得幽默起来了。

安房：是啊，从自己也一边写一边享受着这种幽默的意义来看，《狗尾草原野》确实是一部非常快乐的作品。

神宫：《权太郎的秘密电话》是哪年写的？

安房：前一年，1983 年写的。

神宫：它也明显是为孩子写的吧？您自己也喜欢《权太郎的秘密电话》吗？

安房：嗯，喜欢。对我来说，虽然不是一部开拓新境界的作品，但我觉得是一部温和圆润的作品。

神宫：结构严谨……

安房：结构是很紧凑，说得好听一点就是丰满的作品，没有什么漏洞吧？

神宫：是的。

安房：没有什么振奋人心的地方，是一部没有棱角的作品。

神宫：是的，温暖人心的作品。不管它是不是开拓了新境界，至少它的意象特别好。电话是花，电话不通了，用映在果子酒里的花的模样取得了联系……

安房：那种意象会突然冒出来，于是，就特别想把它写出来。主题、故事情节什么的都还没有，就是为了单纯地表达一个意象而写作品……

神宫：童话作家或者幻想小说作家就是从意象开始出发的吧？

安房：是吗？

神宫：有的人就是为了写最后的场面而编故事的。

安房：对。我好多时候就真的是从意象开始写东西的。

神宫：《权太郎的秘密电话》是田中槙子画的……

安房：槙子画得太好了。

神宫：作为一本书，它是一本结构完整、给人带来阅读快乐的好书。我也很喜欢田中槙子的画，特别是《权太郎的秘密电话》，画得太好了。《狗尾草原野》是一部像一粒粒小宝石一样的作品吧。第一篇《麻雀的礼物》……

安房：是油炸豆腐的故事。

神宫：最美的故事是《老鼠的幸运抽奖》。

安房：《老鼠的幸运抽奖》也很快乐。我写得真的非常快乐。

神宫：好多只小老鼠快乐地放烟花。

安房：冬天黑暗的原野上，有好多好多只老鼠在放烟花，我就是想描写这个意象。

神宫：要说最具民间故事那种恐怖感的，还应该是《毁灭村庄的故事》。这是一部在一瞬间可以窥见《银孔雀》《白鹦鹉的森林》那种神秘的作品。清晨、晚霞、黄昏的意象非常强烈吧？

安房：是啊。我很喜欢听傍晚卖豆腐的喇叭声。

神宫：这种普通人的生活气息、声音和气氛，从一开始就有吧？

安房：是的。卖豆腐的大致都是这个样子吧？老百姓的世界。

神宫：都是过着普通生活的劳动人民。

安房：是啊，我喜欢平凡的人、平凡的生活。正因为平凡、日常，所以我喜欢。

神宫：从日常到非现实……也就是说，能够把日常写扎实了，非现实才会闪烁放光，就好像穿着一件洗过多次的 T 恤的感觉。

安房：真开心您这么说，谢谢。今天好像得到了您太多的鼓励（笑）。

日常生活中支撑文学的事物

神宫：《不爱说话的兔子》有两本吧？最初的那本是 1979 年出版的吧？

安房：续集《不爱说话的兔子和大南瓜》是 1984 年出版的。

神宫：如果归纳一下《不爱说话的兔子》《权太郎的秘密电话》《狗尾草原野》这三本书的主题，就是从一开始持续写到现在的交流（communication）——如果用一个抽象一点的动词来形容，就是融为一体（commune），心心相通。从这个时期开始，这样的作品多了起来。自己写得开心，读者读起来也开心，这一点特别重要。而且，与其说是单纯地表现主题，还不如说自然而然地就变成了这个样子。虽说也有作者本身成熟的原因，但大概还是因为有了孩子和家庭吧？

安房：肯定是这样的。说脚踏实地的生活有点夸张，但没有家庭的时候，会憧憬更飘渺的远方。我想还是来自于现实的日常生活。为了写出好作品，去体验稀罕事，去看特别美的东西固然好，但我想与其做那样的努力，还不如像现在这样每天实实在在地生活，重复地努力工作更好。这样一定会从中找到好故事的种子。我觉得我就从日常生活中得到了许多意象的种子。

神宫：您是在一边享受美食和穿衣的乐趣，一边创作的吧？

安房：对。我每天都做饭，虽然不会缝纫，但是对布呀线呀特别有兴趣。可能我与织布、缝纫及从事这种工作的人的人生有共鸣吧，所以我喜欢描写手艺人，比如做豆腐的人啦，做椅子的木匠啦。

神宫：从日常的事物出发，创造一个不可思议的世界。

安房：我只是想与自己所处的环境和谐相处，好好地生活，这奇怪吗？

神宫：不奇怪。

安房：总之，讨厌天天做家庭主妇的工作，不管是谁都会这样想过吧？

神宫：我没有做过，所以不知道（笑）。

安房：家庭主妇每天的工作很平凡，日复一日地做便当、扫除，没有什么新鲜的事情可做……如果把这些话写出来，恐怕不太好吧（笑）。

神宫：删掉吧。不过也没什么不好吧（笑）？

安房：但是只要与自己的环境和谐相处，努力在自己日常所处的环境中生活，就一定能写出好作品来。虽然不是一种积极的姿态，但我总是这么想。我从年轻的时候开始，就不想勉强生活在自己所处的环境中。现在也是一样。

神宫：对不起，恕我失礼。您拥有一个幸福圆满的家庭，在得到满足之后，会不会觉得写作这种工作很麻烦呢？

安房：不会，没有这样的事。我想，如果我追求家庭生活中所没有的体验，去一个新奇的地方旅行，可能我写出来的东西也还是一样的。在什么地方读到过，凯斯特纳就是一个不去旅行的人。

神宫：好像是的。

安房：凯斯特纳在某一本书里好像曾经写过："我只是看着书斋玻璃窗上的瓢虫在爬，就能写出故事。"我读了，觉得可以理解。

神宫：他好像是一个懒得出门的人吧。

安房：我想我大概也是这样一种类型的人。是属于憋在一个狭窄的地方，在那里也能快乐写作的类型。

神宫：相反，自己在狭窄的地方，说不定反而能想象和憧憬广阔的世界呢。写《从地球到月球》的儒勒·凡尔纳，好像就待在法国的一角，基本没动过地方。

安房：是吗？

神宫：佐藤晓先生也不去国外旅行……

安房：我也是哪里都没去过（笑）。

神宫：虽然佐藤晓先生的作品是想象力丰富的幻想小说，但用的都是椅子、桌子这些日常的东西。比如在自己家小院子里造个小屋啦什么的……也并不是以大量奇异经验为根基的。虽然我这个问题有点执拗，但我想知道女人是不是有了孩子，便满足了呢？

安房：不会的（笑），我会一直写下去的。所以，我觉得自己的现实生活和童话两方面都很重要，我要采取一种调和的姿态进行写作。

客观地阅读自己的作品

神宫：您的作品里虽然频繁地出现歌，但其实还是散文吧。

安房：是的，我不会写诗，也不会写童谣。

神宫：是没有兴趣吗？

安房：我想我是没有能力写，我从来没有想过要写。我可能真的只会写童话，其他形式的什么也不会写。

神宫：主题肯定是与形式紧密相随的吧？您想写的主题，肯定是童话这种形式最合适了……

安房：是的。因为从小接触格林童话，这种童话的节奏已经深入到了我的身体里，我想我一辈子都会这样写下去。

神宫：到现在为止，我们的话题都集中在筑摩书房出版的短篇集上，您也出过风格特异的长篇吧？《冬吉和熊的故事》（1984年）和《月牙村的黑猫》，它们都是一本书一个故事吧？

安房：因为我不擅长写长篇（笑）。

神宫：另外还有《天鹿》（1979年）。与其说是风格特异的作品，还不如说分别出了单行本，分别写了不同的异界，所以才会让人觉得不一样，实际上主题与其他作品并没有太大的偏差吧？

安房：我想没有。

神宫：这三本书中，风格最特异的要算《天鹿》了吧？

安房：可能是吧。

神宫：因为是 1979 年出版的，恰好是您写《不爱说话的兔子》那段时间的作品，但真的是不可思议的幻想啊。

安房：毕竟是像死后的世界……

神宫：是一部会让人不由地联想到宫泽贤治的世界的作品。有没有什么意象相连的地方呢？

安房：因为我读过宫泽贤治，所以在自己内心里，会不知不觉地受到影响吧。

神宫：不过，只是氛围有点相似。

安房：像《滑床山的熊》里面的猎人与被捕获者之间的关系，或许是受到了影响。

神宫：英国作家克里斯蒂娜·罗塞蒂，有篇作品叫《小妖精集市》。名叫小妖精的魔物诱惑一对姐妹，妹妹输给了小妖精的诱惑，跑到了小妖精集市去了，这是一首描写了人类的性欲、物欲和憧憬的非常奇妙的故事诗。我拜读了您的《天鹿》，虽然主题完全不同，但突然让我想起了《小妖精集市》，是从鹿市场开始联想的。《天鹿》触及了生与死的问题，但并不止于这些，在三个女儿接连去市场的重复模式中，还描写出了形形色色的人物形象。

安房：感觉像是一个赎罪的故事。

神宫：原来如此。那会不会是您在《白鹦鹉的森林》等一系列作品中写到的生与死的问题的一个总结呢？

安房：对不起，我在写的过程中没有想那么深，所以说不出来。

神宫：我是个不太懂创作的男人（笑）。

安房：哪里哪里。

神宫：是一部给人留下深刻印象的作品。1984年的《冬吉和熊的故事》，因写法不同，非常恐怖。冬吉在一个与日常生活稍微偏离的地方，遭遇了围绕在我们身边的可怕的、不明真相的神秘的事物，在1984年这个时间点，冬吉又安好地回到了人类世界。

安房：嗯，是的。这个故事最后是圆满结局。

神宫：而且那一只手强而有力，是一个非常明快的故事。

安房：是的。

神宫：不像《绿蝶》里的主人公那样突然醒悟，站住不动了，而是更加积极的一个圆满结局。

安房：我作为作者，也开始在考虑读者的事情了。

神宫：《冬吉和熊的故事》，让我们窥见了人类世界的小的、大的、各种各样的事物的存在。刚才我所说的您的作品变得深刻了，就是指的这些。不过，在读这个故事的时候，我会想结局到底怎么样了呢？1984年这本书刚出版时，我读过一遍，后来就没有再读过。这次为了准备与您的对谈，我虽然又读了一遍，可情节还是差不多都忘记了。

安房：我自己也会忘记的。前一阵子，讲谈社来联系我，说要出一本讲谈社文库本，于是我就在想，放哪一篇作品才好呢？

我读了《天鹿》和《冬吉和熊的故事》，还有《月牙村的黑猫》，却有一种在读别人的作品的感觉。明明是自己的作品，我却想这个故事的结局到底怎么样了呢……（笑）。真的忘记了。明明是自己写的，怎么回事呢（笑）？

神宫：这样也很好啊。

安房：明明是自己写的作品，却忘记了，所以可以客观地来读。十几年后再读，觉得还不错，那就是一部好作品，也有觉得不够好的作品。

神宫：原来是这样啊。

安房：我觉得其实应该在成书之前做这件事。写完之后过了好多年，连自己都忘记了故事的情节和发展，自己完全作为读者来读，觉得有意思的作品，应该算是好作品吧？

神宫：的确是那样。

安房：刚写完作品的时候，作者都会很兴奋，产生错觉，认为自己写了一篇很不错的作品吧？

神宫：写完之后很久都不能自拔，沉溺在那个世界里。

安房：所以，我非常害怕写了立刻就出书。出版社不是会来联系出版你新写的作品吗？如果可能，我愿意先在杂志上连载，然后就那么放上几年，等到自己完全成为了读者的时候，再重读一遍，等到认为"啊，很好"的时候再出书。不然的话，我会觉得对童书不负责任吧，不是吗？

神宫：能保持这样的从容心态，那真是再好不过了。我不是作家，没有搞过创作，不过我不是在报纸和杂志上写评论和研究论文吗？但我绝对不会把它们出成书。我会觉得羞愧，我怎么会写这些愚蠢的事情呢？所以，我除了一口气完成的书稿之外，从不出书。因为当时还没有反省、后悔，没有感到羞耻和得到社会评价就发表了。

安房：是吗（笑）？

神宫：我从来没有把在报纸和杂志上写的文章收集成书，唯一的例外是《现代日本的儿童文学》。

安房：因为您对自己的要求太严格了吧？

神宫：不是，因为写得不够认真。据说亚历山大·大仲马临终时在床上，一边说"真想再读一会儿《三个火枪手》啊"，一边死去（笑）。

安房：（笑）是吗？

神宫：当然是编造的了，不过可以理解。

安房：自己的作品，还是像读别人的作品时，觉得"啊，真有意思"，才是好作品吧？

神宫：我也这么认为。

安房：最近书出得太快了吧？

神宫：是，太快了。

安房：我觉得那样不太好。因为我自己也在做着不太好的事情，所以不能大声地说出来，但童书的数量是不是应该少一点更好？而且我觉得应该严选，严选出来的作品才会被长久阅读。

神宫：真是这样。书的数量太多了，都分不出好坏来了。

安房：是的。

神宫：好书都被遗忘了，人们都以新书为中心，书评也是一样。

安房：比如课题图书等等。

神宫：很少有人去唤起、去关注那些古典而优秀的东西了，我觉得这挺可怕的。

安房：所以，我觉得我们小的时候更幸福。书很少，但只有经典名著，大家都珍惜这些书，反复地阅读，毫不踌躇。

神宫：只能读同样的书，没有别的书。

安房：我就是反复读同一本书。我觉得格林童话好，就反反复复地读格林童话……（笑）。

像现在这样有很多书，看似幸福，其实是不幸吧？

神宫：我想是的。不停地出书，爱读书的孩子就会被好奇心驱使，一本接一本地读下去。

安房：是啊。很多时候也辜负了孩子们。觉得封面漂亮，买来一读，一点意思都没有。

神宫：不过即使是现在，真正喜欢读书的孩子，在确定是自己喜欢的书之后，还是会反复阅读，享受书里的那个世界吧。格林童话无论反复读多少次，都会觉得有趣。

安房：是的。

神宫：不过我认为，安徒生童话不是可以反复阅读的书。

安房：是吗？

神宫：安徒生童话里面有个性的毒素。

安房：啊，也许吧。可能是因为格林娴熟地运用了民间故事这种形式吧？我也是格林童话比安徒生童话读得多。格林童话读过三次还是四次，每次读都会读出新意。

神宫：如果安徒生童话和格林童话读同样的量的话，肯定安徒生童话读到一半就腻了的。安徒生童话的气味太浓烈了。格林童话既没有气味，也没有体臭。能写出那样的内容来，真是太厉害了。把令人讨厌的一面、令人恐惧的一面全部写出来了。而从表面上看，却又不形于色，顺畅好读，这点实在是太厉害了。童话的目标应该还是不形于色、顺畅好读吧？如果能无限地接近这个目标就好了。

安房：一定是的。

神宫：不过，读了您最近的作品，像《狗尾草原野》，似乎看不到作者以前那种苦苦挣扎的样子了。

安房：那我太高兴了。

神宫：真好。

安房：这回又要小心不能因循守旧了（笑）。

神宫：这您好像不用担心。

安房：是吗？

神宫：是的。

宫口静江的魅力

安房：我非常喜欢宫口静江（注3）的童话，尤其喜欢《源与不动明王》三部曲。最近读完了第三遍，我在想，这么好的作品，为什么没有被广泛阅读呢？宫口静江的作品好像卖得不太好。我觉得这些书应该被更加广泛地阅读。对于现在的孩子来说，会不会是太老了呢？

神宫：不，我认为那样的作品，大人要努力不断地告诉孩子们它的存在，让孩子去读才行，因为作品本身不是很显眼。

安房：太不显眼了。

神宫：从好的意义上来说，就是非常有乡土气。

安房：是啊。

神宫：能那么真实地写出孩子的心理的作品，太少了。一读起来，就放不下。

安房：是的。

神宫：很少有人带孩子去读吧？

安房：是吧。筑摩书房出版的宫口静江儿童文学集，朝仓摄的插图也很棒啊。还有，宫口静江真的是精神抖擞地在写作，真的是好。

神宫：没有华丽的辞藻，也没有废话。

安房：宫口静江的作品太好了，读着会流泪。可是不停出版的都是新书，宫口静江的书不知被挤到了什么地方，太遗憾了。

神宫：真正有味道的东西，是不会大声召唤顾客的，就好像一个埋头制作良品的手艺人制作出来的匠心作品一样。有这样的作品吧？

安房：有的。

神宫：这样的东西，却往往会被遗忘。

安房：很遗憾，但的确如此。

神宫：只有真正懂得好东西的人，才会说"太好了，太好了"。

安房：我也很想留下质朴、意味深长的东西，如同能感觉出来是手织的那种棉布一样的作品，哪怕不被广泛阅读也不要紧。

神宫：的确是这样。宫口静江完全没有想过被读者阅读，只是在写自己想写的东西，而且非常会写。

安房：很会写。

神宫：比如《源与泉水》……

安房：《源与泉水》和《山里的末班巴士》，真是太好了。

神宫：《箱子火盆的爷爷》。

安房：《心里点燃的灯》……

神宫：那套全集也已经绝版了吧？

安房：最初出全集的时候，我收到了赠书，书店里恐怕没有了吧？

神宫：不会有了吧？

安房：想读宫口静江作品的人，只有到图书馆去读了。

神宫：《源与不动明王》现在出书了吗？

安房：筑摩书店出过。

神宫：就是那套全集吗？

安房：不知道有没有再版。

神宫：突然说起很俗的事情来，您的书没有绝版的吧？

安房：不不，有的。

神宫：是吗？

安房：不过，很多出版社会收入到文库本里面，其实没必要出这么多……（笑）。

神宫：哪里哪里。

安房："你可不能这么说啊"，我不记得是谁来着，反正有人对我说过："已经出书了，就不可以说'要是不写这个就好了'之类的话。"就像刚才我说的那样，我还是只想出那样的书，就是让它沉睡一段时间，等自己能成为自己的读者了，还是能读出感动的作品……

神宫：这是个理想吧。

安房：是个理想，不可能实现的。碍于情面，对于出版社和编辑的约稿我只能许诺说："下次我写。"然后到了时间就要交稿。这样一来，刚写完的作品就会马上成书。这会让我产生一种错觉，觉得自己写了一部好作品，啪的一下就把稿子递了过去……

神宫：一般都是这样吧？

安房：所以，我总是感到很羞愧。

神宫：可是，即使只出自己认为可以的作品，但回过头来重新再读的时候，也还是会有觉得不妥的时候吧（笑）？

安房：是吧。（笑）

神宫：还是在能写的时候多写吧。还有没有谈及的作品呢。

安房：对，也有不希望您触及的作品。

神宫：《手绢上的花田》（1972年）里那个叫菊屋酒店的故事，您自己喜欢吗？

安房：嗯，刚写完的时候不觉得怎么好，后来过了十六年，成了茜文库本的时候，看了校样我才想，年轻的时候还真写出了好东西呢（笑）。《手绢上的花田》是山下明生先生在茜书房做总编的时候，让我写的书。那是我第一次将刚写好的稿子直接出书。

神宫：您能把酒写得那么好喝，可是您不喝酒吧？

安房：是，我不喝酒，但我却写了许多根本不知道的事情（笑）。

神宫：想象力丰富啊（笑）。

安房：不会喝酒，也不知道酒好喝在哪里，却写了酒，还把主人公给灌醉了（笑）。

神宫：卖炖杂烩的摊档，也出现在作品里。我想象不出您坐在摊子上喝酒的样子（笑）。

安房：……（笑）

神宫：那也是想象吗？

安房：不是摊档，是山室先生带我去过一次的新宿歌舞伎町的炖杂烩铺子。

神宫：那应该是正宗的炖杂烩店了（笑）。不过，您肯定没有吃过目白大街摊档的炖杂烩吧？

今天我们就谈到这里吧。谢谢您花这么多时间说了这么多有趣的事情。

（1990 年 6 月 18 日）

注1

神宫辉夫：日本儿童文学研究者、翻译家。青山学院大学名誉教授。

主要作品有《世界儿童文学指南》。1968年译作《亚瑟·兰塞姆全集》获儿童福利文化奖。2009年获第12届国际格林童话奖。

注2

研磨杵:《花椒娃娃》里的花椒树在花椒娃娃走了之后,不久就枯死了。后来,它被做成了一根研磨杵。

注3

宫口静江：日本儿童文学作家。1958年代表作《源与不动明王》获小川未明奖,1980年《宫口静江童话全集》(共八卷)获赤鸟文学奖。